산업화시대의 발자취

— 현대·한라그룹과 나의 삶 —

산업화시대의 발자취

― 현대·한라그룹과 나의 삶 ―

實山 李鍾澩 실산 이종영 지음

혜안

나는 해방 전 일제시대에 태어나서, 어릴 적이지만 초등학교 6학년까지 일제 치하에 살았다. 그들의 정치를 어렴풋이 알았고, 세계 제2차 대전(일본은 대동아전쟁이라 부름)을 겪으면서 징용·징병 등으로 끌려가는 사람들을 많이 보기도 했다. 해방이 되어 감격스러웠던 일과, 해방 후 사회의 혼란상, 그리고 대한민국 정부수립, 6.25 사변과 4.19 혁명, 5.16 군사혁명, 12.12사건, 5.18 광주민주화운동 등의 시대를 죽 이어서 살아왔다. 이 시대에 대하여 세상 사람들이 말하는 것이 옳은 것도 많이 있고 그른 것도 많이 있다.

20세기 들어 우리나라의 발전사를 보면 농경시대, 농경 현대화 및 과학화 시대, 산업화 시대, 민주화 시대 등 4단계로 대별할 수 있다. 나는 4단계 시대를 모두 살아 보았다. 그러나 이 시대 중 산업화 시대가 나의 가장 전성기로서 이 시대 나의 발자취를 기술하여 혹 후손들의 참고가 되면 좋다고 생각하였다. 이 글을 쓰는 이유는, 이 시대 사회상과 더불어 산업화 과정이 어떻게 이루어졌는가를 직간접적으로 보고 느낀 대로 서술하고자 함이다. 또한 이 시기 현대그룹에서 일하며 내가 계획하고 실행한 것이 이 시대 산업화에 미약하나마 어떻게 기여하였는가를 발자취를 더듬어 반성하며 기록하고자 함이다. 그리하여 이를 후손들에게도 알리고, 혹 이 시대의 사회상이나 현대그룹을 연구하는 분이 있다면 미약하나마 참고가 될까 하여 기술하는 것이다. 어느 모서리에 잘못된 구절이 있거나 사실과 다른 내용이 있다 하여도 나로서는 최선을 다하여 서술하는 것이니 독자의 양해가 있기를 바라면서 서론으로 마감한다,

2023년 해를 보내면서

1장

나의 성장 과정과
현대그룹 입사까지의 직장 생활

1

최초의 직장, 교사 생활

"이종영 선생을 소개하겠습니다. 이 선생은 서울대학교 공과대학을 졸업하고 우리 농업고등학교 정 교사로 발령받고 오셨으며 앞으로 수학과 물리학을 가르치실 것입니다."

1957년 9월 아침 양평농업고등학교 직원회의 석상에서 김제동 교장 선생님이 나를 소개하였다. 내가 생후 처음으로 직장을 가졌던 곳이었다. 원래 교사는 사범대학을 졸업한 사람이 갖는 직장이어서, 공과대학을 졸업한 나로서는 어울리지 않은 직업이라고 생각할지도 모르겠다. 그러나 당시는 이런 사람들의 충원 미달로 일반대학을 졸업한 사람도 교사 자격증을 주어 교사 생활이 가능하였으며, 특히 공대 졸업생은 환영하는 분위기였다. 공과대학을 졸업한 사람들도 산업시설이 거의 없어 우선 학교로 많이 진출하였던 때였다.

나는 고향이 경기도 여주 대신면이며, 양평농업고등학교에서 약 10km 떨어진 곳에서 태어났다. 서울에서 고향을 가려면 언제나 이 학교 앞을 지나게 되어 있다. 마침 이 학교 교장 선생님은 내가 졸업한

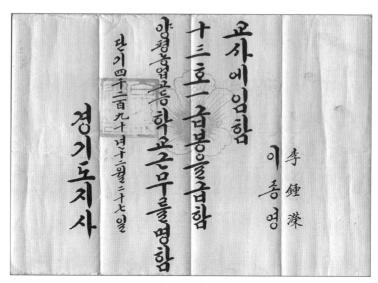

양평농고 교사 발령증

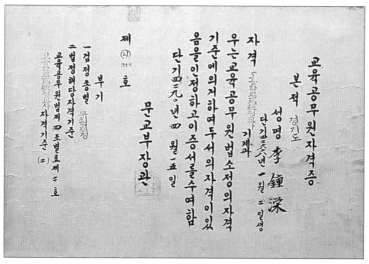

교육공무원 자격증

여주농업고등학교에서 국어를 가르친 은사이셨다. 대학 졸업이 가
까워지자 고향 가는 길에 인사도 할 겸 이 학교에 들러서 교장 선생

님을 뵙고 이야기를 나누는 중에
교사 채용을 알게 되었다. 부랴
부랴 문교부에 자격증을 신청하
여 2급 정교사 자격증을 취득한
후에, 2학기 초 9월 1일부터 학교
에 취임하게 된 것이다.

그때 나의 가정에는 어머니, 남
동생, 여동생 그리고 갓 결혼한
아내가 있었다. 기울어진 가세를
일으키며 집에서 출근할 수 있어
우선 이 학교에 1년쯤 근무하면

양평농고 교사 시절 제자들과 함께

서 장래를 도모하는 것이 나에게는 최선의 길이라 생각되었다. 학생
들을 가르치는 데는 별로 어려움이 없었다. 이미 대학 4학년 시절 서
울 시내에 있는 해성 영수학원이라는 곳에서 아르바이트로 야간 2시
간의 수학 강의를 1년간 한 경험이 있었기 때문이었다.

교사 생활은 아주 재미가 있었다. 시간과 세월이 가는 줄도 모르
게 한 달이 지나 첫 월급이 나왔다. 일만 삼천 원! 나에게는 생전 손
에 넣어 보지 못한 큰돈이었다. 지금 생각하면 교사 한 달 월급이 뭐
그리 많은 돈이랴마는, 돈도 돈 나름이지! '어머니에게는 무슨 선물
을 해 드리지? 나의 아내에게는 무슨 선물을 해야지?' 이런 것은 누
구나 한번은 겪는 일이다. 대학 시절 고학하면서도 약혼할 때는 금
반지 하나만은 꼭 사서 약혼녀에게 끼웠는데, 졸업할 무렵 하도 돈이
없어서 그것마저 팔아먹은 지금이 아닌가. 그 소중한 약혼반지를 지
금 누가 갖고 있다면 10배를 더 주고라도 되사오고 싶은 심정이다.

몇 가지 선물을 사고 나머지로 우선 책을 사기로 하였다. 대학 시절 나는 책을 사본 일이 없다. 교통비도 없어 철도청 위탁생 친구의 기차 전선(全線) 무료 패스를 빌려서 위장 공무원 노릇을 하기도 하였다. 혹 책을 빌려서 시험 본 학과는 A학점을, 다른 과목은 억지로 B·C학점을 받아 겨우 졸업하였다. 오직 노트만이 나의 전부였었다. 그후 나는 월급을 타는 대로 대학 시절에 못 사본 기계공학 전문 서적들을 사서 다시 공부를 하였다. 나의 공학 실력은 이때 이루어진 것이다. 또한 마침 선교사로 한국에 온 미국인이 양평 마을에 살고 있어서, 그를 따라다니며 점심을 사줘 가면서 영어 회화를 배운 것이 나의 영어 실력이었다.

교사 생활은 나에게는 너무나 소중한 시기였다. '이때가 나의 기회다'하고 항상 마음먹었다. 교사들은 항상 1주일간 학생에게 가르칠 내용을 미리 작성하여 교장 선생님에게 제출하게 되어 있는데 나는 억지로 일부러 영어로 이를 작성하여 제출하였다. 교장 선생님이 읽으실 리가 없지 않은가. 나로서는 영어를 잘하여서가 아니라 영어 공부를 하기 위하여서인데, 다른 사람들은 내가 아주 영어를 잘하는 줄로 알았다. 나중에 안 일이지만, 이때 제자 중에 지방대학교 영어과 교수가 된 사람이 있어, "농고를 나와서 어떻게 영어 교수가 되었는가?" 물었더니, 나의 영향을 받아서 영어과를 전공하였다고 하는 바람에 웃어버렸다. 알 수 없는 것이 사람의 운명이다. 아니 알아서도 안 되는 것이 사람의 운명이다. 사람의 운명을 미리 알거나 운명을 노력으로 바꿀 수 있다면 인간이 존재할 수 있을까? 내가 이곳에서 교사가 된 것도 이상하고, 공업이 무엇인지도 모르는 시골 출신이 공과대학에 입학한 것도 기이하다.

2

학창 시절의 괴로운 추억

나는 1933년 시골(경기도 여주군 대신면 당남리) 농가에서 15대 종손으로 태어났다. 어렸을 때는 머리가 좋다는 말도 들었다. 이때는 다 알다시피 일제시기였다. 내가 초등학교 2학년 2학기를 다니던 1941년 12월 8일(일본 연호로 소화 16년 12월 8일. 미국 하와이 기준으로는 7일이었다) 태평양전쟁이 발발하였다. 일본은 대동아전쟁(大東亞戰爭)이라 부르는 제2차 세계대전이었다. 그들은 대동아공영권(大東亞共榮圈)을 만든다고 선전하며 미국에 선전포고를 하고 하와이를 폭격하였다.

다음해 봄에 일본은 싱가포르를 함락시켰다며, 이를 기념한다고 고무공을 하나씩 초등학교 학생들에게 배급하여 주고, 운동화도 한 반에 2켤레씩 주어 제비뽑기로 분배하였으나, 나는 제비뽑기에 실패하여 항상 짚신을 신고 다녔다. 3학년 때부터는 한 학급 80명 중에서 우등을 하였으며, 사뭇 6학년까지 1등을 놓치지 않았고 도지사상도 수상하였다.

전쟁이 발발하니 징용과 징병제가 실시되었다. 그 이전에는 징용이나 군인이 모두 지원하여 가는 사람들이었다. 이때부터 징병제가 실시되어, 청년 가운데 적령자는 강제로 입대해야 하였다. 한 부락에 한두 명씩 징용으로 차출하라는 명령이 내려와서, 우리 부락에서는 서울에서 소개(疏開)되어 이사 온 한 사람을 뽑아 일본에 징용으로 보내기도 하였다. 다행히 1년 후에 다시 돌아왔다. 징병 해당자는 입대 시 무운장구(武運長久)를 빈다고 하여 천인침(千人針:일본어로 센닌바리)을 만들어 주었는데, 이는 천 명의 사람이 흰 천에 색실로 수를 놓아 만들어 허리에 채워 주었던 것으로, 꼭 살아 돌아오라는 일종의 정성이었다.

일제는 총포탄을 만들기 위해 탄피 제조용으로 놋그릇 일체를 거두어갔다. 가을 농사를 지으면, 공출(供出)이라 하여 절반 이상을 빼앗아 갔다. '조반석죽(朝飯夕粥)'이라 하여, 아침에는 밥을 먹고 저녁에는 죽을 먹으라고 하였다. 그나마도 먹기 어려워서, 사람들은 풀뿌리, 소나무 껍질 등을 먹으며 연명하여갔다.

일제 36년간 우리는 많은 것을 빼앗기었으나, 냉철히 말해 얻은 것도 있었다. 빼앗긴 것으로 말하면, 국권을 송두리째 빼앗겼고 자유와 많은 독립운동가와 애국자들이 생명을 잃었으며, '근로보국(勤勞報國)'이라 하여 조선 사람들의 노동이 착취되었다. 소중한 인권을 잃었으며, 중요한 식량도 많이 빼앗겼다. 얻은 것으로 말하면, 그들이 침략할 목적이기는 하나, 만주와 중국의 정복을 위하여 경부선·경원선·호남선·경인선 등의 철도와 각처의 항구 등을 건설하였다. 특히 해방 후에는 한국에 살던 모든 일본인과 일본기관의 재산을 두고 빈몸으로 귀국하였다. 일본인과 기관의 토지는 국가 소유로, 민간 가

옥은 적산(敵産)가옥으로, 각종 시설물과 기기는 공매형식으로 국고에 귀속되었다

　드디어 1945년 8월 15일, 우리나라는 일본으로부터 해방되었다. 입소문이 퍼져서 당일로 여주 사람들 모두가 해방이 된 것을 알았다. 사람들은 만세를 부르는 한편, 너나 할 것 없이 면사무소 뒷마당으로 가서 공출로 쌓여 있던 볏가마니를 가지고 왔다. 지게를 갖고 와서 가져가는 사람, 그냥 등짐으로 들고 가는 사람, 볏가마니를 통째로 지고 가는 사람, 뒤에서 낫으로 가마니를 찢어 흘려지는 벼를 담아 가는 사람 등, 혼란스러운 상황이었다. 마치 굶주린 이리떼들 같았다. 지금의 파출소인 주재소(駐在所)에 있던 경찰관들은 어디론지 다 도망가버린 후였다.

　하루가 지나니, 이웃 면에서 면장(面長)을 하시던 사돈어른이 셋째 종조부(작은할아버지)댁으로 피신하러 오셨다. 내가 인사를 드리자 이 어른 하시는 말씀이, 만일 어떤 사람이 와서 "여기 계신 분이 누구냐"고 물으면 "김이성"이라고 말하라 하셨다. 이 분은 김일성의 가운데 글자를 날 일(日) 자가 아니고 한 일(一) 자로 오인하셨던 것이다. 자기가 김일성의 아우라는 말이었다. 훗날 6.25 동란 시에 이 분은 안타깝게도 공산당에 의해 무참히 살해되시었다. 이 당시 공회당(지금의 마을회관) 벽에는 누가 써 붙였는지 커다란 백지에 붓으로 '정부 수립 발표'라 하고, 그 밑에 '대통령 이승만, 부통령 김구, 국방장관 김일성' 등 내각 명단이 쓰여 있었다.

　얼마 지나니 미군이 들어왔다고 하고, 하지 중장이 사령관이라 하였다. 그때나 이때나 사람들이 유행어는 잘도 만들었다. 이때는 '이러(일어)하면 못산다. 영악(학)해야 산다.'라는 말이 있었다. 이 말에

는 두 가지 뜻이 있었다. 첫 번째는, '이러 이러'는 농촌에서 소를 몰 때 쓰는 말이어서, 즉 농사짓는 사람은 못살고, 영악한 사람, 똑똑하면서도 어디서나 억척스러운 사람이 잘산다는 말이었다. 또 다른 뜻은, 이 말을 '일어(日語)하면 못 산다. 영학(英學)해야 산다'로 해석하는 것이었다. 당시 '영악하다'를 '영학하다'라고도 발음하기도 한 데서 나온 말이었다. 즉, '일본어를 쓰는 사람은 못산다. 영학(영문학, 영어)을 공부하는 사람이 잘산다'라는 뜻으로, 당시 세태를 반영한 말이었다.

3

경기공업학교에 진학하였으나,
억울함에 판사를 꿈꾸다

해방이 되고 미군이 한국에 들어오면서, 여러 가지 사회 통념과 제도가 바뀌었다. 학교의 학제도 변하여, 그전에는 3월 1일이 새로운 학년 초였는데, 이때에는 9월 1일로 바뀌었다. 조부님은 다시 옛날 세상이 돌아오는 줄로 알고 집에 한문 선생님을 불러들여 한문 서당을 만들었다. 유교 신봉자였던 조부는 특히 장손인 내가 한문을 배워야 한다고 생각하였다. 동네 아이들과 함께 나는 한문공부를 시작하였다. 천자문은 이미 배운 뒤여서, 「계몽편」, 《명심보감》, 《맹자》를 차례로 배웠다. 여름 한 때는 한문 당시(唐詩), 5언시(五言詩), 7언시(七言詩)도 읽었다.

나는 해방될 당시 소학교 6학년이었다. 학교에서 중학교 진학을 위하여 방과 후에도 열심히 과외수업을 하고 있었다. 해방 전까지 나는 군청의 농업기수(農業技手)가 되기 위해 경성농업학교(지금의 서울시립대학)로 진학하는 것이 목표였는데, 이는 어머니의 희망이기도 했다. 아버지가 자주 사업에 실패하고 외숙이 농업학교를 졸업하고 군청 서기로 있었기에 어머니에게는 친정 동생이 항상 선망의 대상이었기 때문이었다.

조부님은 나의 중학교 진학을 극렬히 반대하셨다. 부친이 사업하시다 크게 실패하시어 가세가 많이 기울어진 탓이었다. 그러나 내가 6학년 졸업시 1등을 하고 도지사상까지 받게 되는 것을 보신 아버지는 생각이 다르셨다. 어디서 들으셨는지 부친은 자동차 기사가 돈을 잘 번다고 하시며, 서울 을지로6가에 그런 학교가 있다고 하셨다. 아마 한양공업학교(지금의 한양공업고등학교)를 말씀하신 것 같았다. 이 말을 듣고 담임 선생님께 의논을 드렸더니, 선생님은 나에게 "너 공업학교에 가려는구나. 경기공업중학교에 지원하라"고 하셨다. 나의 첫 번째 운명이 결정되는 순간이었다. 서울에 어떤 학교가 있는지, 공업학교가 어떤 학교인지 전혀 모르는 맹추였던 나였다. 이때 경기공업중학교에는 200명 모집에 1300여 명이 지원하였는데, 내 수험번호는 1240번이었다. 나는 기계과에 합격하였으나, 함께 지원한 동향 친구는 불합격이 되어 추후에 국방경비대에 지원 입대하였다.

9월이 입학이었다. 집에서는 소유하고 있는 밭 500평 짜리와 1000평 짜리 중에서, 1000평 짜리 밭을 급하게 팔아 그 계약금으로 내 중학교 입학금을 수납하였다. 그런데 12월이 되니 농지값이 급등하였다. 우리는 싸게 판 것이 너무나 억울하여 잔금 수여를 거부하고 매수자에게 재계약을 요청하였다. 매수자는 수원지방법원 여주지청에 공탁금을 맡기고 소송을 걸어왔다. 지방 갑부였던 원고는 같은 마을 사람이었으나, 서울에도 여러 채의 가옥을 소유하고 있고, 둘째 부인과 함께 서울에서 생활하고 있었다.

다음 해 1월 초에 재판일이 결정되어 피고인으로서 통지서가 우리 집에 날라왔다. 그때 나는 처음 맞는 겨울방학이라 당남리 고향 집에 내려와 있었다. 우리 집에서 여주읍에 있는 재판소까지 가려면 남한강을 건너야 하는데, 그 거리가 약 12km 되어 아침 9시 재판 시간을 맞추려면 새벽 3시쯤 집에서 떠나야 했다. 사업 실패로 부친은 집에 안 계셔서, 나는 조부님과 함께 그 추운 겨울밤에 걸어서 여주재판소로 갔다. 찬바람이 쌩쌩 불어오며 얼어붙은 귀가 떨어질 지경이었다. 실제로 이곳 어떤 분은 지독하게 추운 겨울에 밤길을 걸어서 가다가, 귀가 언 줄도 모르고 비비다가 귀가 부러졌다는 이야기도 들은 바 있었다. 귀가 얼면 처음에는 참기 어려우나 일단 지나면 마비가 되어 느낌을 모른다. 여주읍에 있는 재판소 근처에서 아침 식사를 하고 9시 10분 전쯤에 법정으로 들어갔는데, 재판이 연기되었다고 한다. 화가 머리끝까지 치솟아 올랐으나 도리가 없었다. 나는 조부님과 함께 다시 걸어서 집으로 돌아왔다.

며칠 지나니 다시 재판소로부터 통지가 왔다. 재판일은 20여 일 후라 아직도 겨울방학이어서 다시 조부님과 함께 재판소로 갔다. 그러나 또 재판은 연기란다. 정말로 기가 막히었다. 참기 어려운 분노를 느끼었다. 나는 "판사님!" 하고 소리쳤다. "이런 법이 어디 있습니까! 연기가 되면 미리 알려주어야지, 이렇게 추운 날 아침 새벽부터 걸어왔는데 이렇게 하면 됩니까." 하고 대들었다. 판사는 우리 조부에게 "저 아이는 누굽니까?" 하고 물었다. 할아버지는 "내 손자입니다"라고 대답하였다. 판사는 나를 부르며 자기 앞으로 오라 하였다. 판사는 나에게 친절히 말해주었다. "원래 원고는 언제든지 재판을 연기 신청할 수 있는 것이다. 그러니 판사인 나도 마음대로 하지 못하는 것이다.”라고 자세히 설명하여 주었다. “알았습니다.” 하고 대답하면서 나는 속으로 결심하였다. ‘나도 장래에 판사가 되어 반드시 이 자를 응징하겠다’라는 것이었다. 원고는 돈이 많은 사람이라 변호사를 선정하여 이렇게 몇 번 연기하면 피고 측에서 제풀에 지쳐 재판을 포기할 것을 미리 작전으로 정한 것이라 생각하였다. 그의 계획대로 우리는 이 토지를 포기할 수밖에 없었다. 그러나 곧바로 농지개혁법이 공포되어 상황이 바뀌었다. 농지개혁으로 그 농지는 지주로부터 유상몰수되었고, 이후 유상분배 덕택으로 우리가 몇 년간 지가를 상환하여 다시 갖게 되었다.

어쨌든 나는 판사가 되고 싶었다. 판사가 되려면 반드시 법과대학을 졸업하여야만 되는 줄 알았다. 사법고시 패스는 고졸이라도 자격이 있는 줄도 몰랐다. 나의 주변에는 법조인이 없었으며, 그런 정보를 알려주는 사람도 없었다. 참으로 한심한 일이지! 내가 다니던 공업학교에서는 목공일 실습. 주물품 제작에 필요한 주형제작, 대패질 줄쓰는 방법, 이런 학과가 전체 과목의 절반이고 대학 진학에 필요한 영어·수학·국어 등의 과목은 1주일에 2시간이 고작이었다. “이렇게 공부하여 무슨 수로 대학을 간단 말인가! 인문 중고등학교로 전학가야지!” 그러나 이것도 나에게는 오직 꿈이요 희망이지 현실은 너무나 가혹한 일이었다. 서발장대(팔을 세 번 벌린 넓이의 기다란 대나무 막대기)를 흔들어 보았자 닿는 곳이 없지 않은가. 나는 중고등학교 4년간 여러 번 무기정학을 당하였다. 무슨 잘못이 있어서가 아니라 수업료를 제 기한까지 납부하지 못하여 담임 선생님으로부터 무기정학 통보를 받은 처지였다. 선생님도 괴로우시겠지! 그것이 학교 방침이니 어찌하겠는가.

나도 딱하지만, 부친은 더 딱하였다. 부친의 사업 실패는 2회 정도 있었는데, 주변 사기꾼들에게 농락당하여 일시에 재산을 날리어 그나마 시골에서 중농 정도에 해당하는 소유 농지를 절반 처분하여, 이제 겨우 2~3천 평의 농지만 남은 형편이었다. 더욱이 집안 식구들을 볼 면목이 없어 집에 자주 오시지도 못하였다. 그러나 자식 교육에는 철저히 눈을 뜨시어 오늘날 내가 있게 한 초석이 되었으며, 내 슬하의 아들딸과 손자 손녀들에게도 이어져서 좋은 학교를 졸업하거나 다니고 박사, 교수, 사업가, 변호사, 한의사, 신문기자 등으로 활동하고 있다. 광주이씨 문중 신문에 우리 집이 명문이라 소개된 일도 있으니 나의 부친은 훌륭한 족적을 남기고 떠나신 분임을 자랑하고 싶다.

　슬프도다! 안타깝도다! 부친은 나를 가르치기 위하여 온갖 고생을 다 하셨다. 한때는 나의 학비를 조달하기 위하여 자전거를 사서 아침 일찍 인천으로 가시어 소금(식염) 한가마니를 사서 자전거에 싣고 땀을 흘리며 서울에 와서 파는 일도 많이 하셨다. 오늘날과 같이 좋은 담배가 없어 장수연이란 잎 썬 담배를 사서 나와 둘이 열심히 말아서 시골에 가져다 팔기도 하셨다. 어머니에게 구박을 받으시면서도, 시골에 장리쌀(봄에 한 가마니의 쌀을 빌려서 가을에 1.5배인 한 가마니 반을 갚는 제도의 쌀)을 얻어서 '룩색(배낭)'에 담아 12㎞나 되는 기차역까지 메고 오시어 아들 먹이려는 고생, 그리하고도 학비 조달이 제때 안되어 아들이 정학을 당하는 것을 보시는 괴로움을 겪으셨다. 그런 아들의 대학 입학식 이후 한 학기 만에 47세를 일기로 세상을 떠나신 아버지!

　아버지! 아버지! 죄송해요, 하늘에서 편히 쉬십시오. 이 아들은 지금, 이 글을 쓰면서 눈물을 흘리고 있습니다. 죄송해요, 감사합니다. 후손들이 이 글을 읽고 있겠지요. 그들에게도 따뜻한 사랑과 가호를 내려 주십시오! 돌이켜 생각하건대, 저는 아버지에게 하나도 효도한 일이 없습니다. 하나도요! 있다면 초등학교 시절 학교에서 1등한 것과 졸업할 때 대표로 도지사상을 탄 것과 무난히 중학교 입학한 것과 서울대학교를 합격한 일일 것뿐입니다. 아버지! 아버지! 감사합니다! 감사합니다! 감사합니다!

4

6.25 전쟁과 징병 소집, 의병 전역 후
서울대에 입학하다.

내가 중학교 5학년(이때는 중고등학교가 분리되지 않고 중학교 6
년제이었음)이었던 1950년 6월 1일 새 학기가 시작되었는데, 25일 후
인 1950년 6월 25일 일요일 새벽 북한군이 남한을 침공하였다. 이때
나는 서울 창신동에 살고 있었는데, 이날 아침 식사를 마치고 동대
문 쪽으로 바람 쐬러 나갔다. 그런데 거리에 지프차 한 대에 헌병 2인
이 타고 지나가면서 마이크로 방송하고 있었다. "휴가를 나온 장병
은 속히 귀대하라." 그들은 매우 다급하게 방송하고 있었다. 지프차
를 확 돌리는 바람에 차가 모로 쓰러지는 것 같았다. "무슨 일이 있
습니까?" 물으니 인민군이 쳐들어왔다는 것이다.

다음날 아침 예전과 같이 학교에 갔다. 오전에는 방공호에 들어가
기도 하였다. 학교에는 정부 수립 후 학도호국단이 결성되어 있었는
데, 일주일에 한두 번 학교에서 신촌 로터리까지 학도호국단 노래를
부르며 행진하곤 하였다. 각 학년 반의 반장들은 학도호국단의 소대

장이 되었다. 나도 5학년 1반 반장이어서 소대장이었다. 학교에는 현역 대위가 배속되어서 학도호국단의 훈련을 책임지고 있었다. 이날도 대위의 지휘하에 방공호에서 대피 훈련을 하였다.

오후가 되니 산 너머 서울역 쪽에서 비행기로부터 기총사격하는 소리가 들렸다. 당시 한국군에는 비행기가 없었으므로 인민군의 비행기임이 틀림없었다. 저녁때 학과가 끝난 후, 전차(電車)를 타고 집에 돌아왔다. 저녁 식사 후에 동대문 거리로 나가 보니, 군인을 가득 태운 군 트럭이 종로 쪽에서 동대문을 지나 청량리 쪽으로 쉴 새 없이 달리고 있었다. 도대체 저 군인들은 이 밤에 어디로 가는 것인가! 시민들은 음료수를 떠다 군인들에게 주기도 하고 손을 흔들어주기도 하였다.

다음날인 27일에도 나는 여전히 학교에 갔다. 방공연습을 하고 오후에 집으로 돌아오려고 전차를 타려는데, 아무리 기다려도 전차가 오지 않았다. 하는 수 없이 걷기 시작하였다. 광화문을 지나 종로 1가에 있는 화신백화점에 이르니, 동대문 쪽에서 물밀듯이 사람들이 오고 있었다. 어린아이를 업은 사람, 짐보따리를 등에 진 사람, 머리 위에 짐을 얹고 오는 아주머니, 소를 끌고 오는 사람, 마차에 짐을 싣고 오는 사람, 하도 많은 사람이 몰려와서 앞으로 가기도 어려웠다. 이상해서 나는 그들에게 물었다. "어디서 오시는 분들입니까?" 잘 대답도 아니 하는데, 한 사람이 의정부 쪽에서 온다고 하였다. "왜 오십니까?" 물으니, 지금 인민군이 의정부로 쳐들어온단다. 나는 깜짝 놀랐다. 집으로 가야 하나, 말아야 하나. 사람들이 너무 많아 걸어가기도 힘들었는데, 부슬비까지 내리고 있었다.

어렵게 집에 도착하니 어둠이 깔리기 시작하였는데, 대문 밖에 주인집 아저씨와 그의 가족, 그리고 내 누님과 동생이 있었다. 어디서 준비하였는지, 리어카에 짐을 잔뜩 실어놓고 있었다. 피란을 가려는데 내가 오지 않아 기다리는 중이라 하였다. 나는 큰 소리로 말하였다. "이 밤중에 어디로 갑니까. 가다 죽으나 집에서 죽으나 마찬가지니 나는 안 가렵니다." 하고 대문을 열고 안으로 들어갔다. 모두 별말 없이 따라 들어와 저녁 식사를 마쳤다. 밖에는 부슬비가 계속 오는 것 같았으며, 그 외에는 아무 소리도 들리지 아니하고 조용하였다.

다음날인 28일 새벽이 되었다. 내가 살고 있던 창신동 일대에는 유탄 총알이 비 오듯 지붕에 떨어졌고, 나는 월셋집 방에서 이불을 뒤집어쓰고 '하느님 살려주십시오!' 빌면서 날이 새기를 기다렸다. 누님과 동생, 모두 세 명이 함께였다. 아침 9시경이 되었을 무렵, 전날에는 조용하였던 대문 밖에서 모두 나와 인민군을 환영하라는 소리가 요란하였다. 대문 밖으로 나가보니 어느새 가슴에 빨간 천을 달거나 빨간 헝겊으로 팔뚝에 완장을 찬 사람들이 여기저기서 만세도 부르고 안내도 하고 있었다. 아침밥은 먹는 둥 마는 둥 마치고 동대문으로 나갔다. 길가 리어카에 실려 있는 국군이 피를 흘리며 살려 달라고 애원하고 있었으나, 어느 누구도 그를 돌봐주는 사람이 없었다.

동대문 앞 군중 속에 서 있으려니, 종로4가에서 인민군 탱크 위 군인 하나가 서 있는 자세로 권총으로 동대문 벽에 걸려 있는 이승만 박사의 사진에 권총을 한 발씩 발사하며 지나가고 있었다. 탱크의 수는 정확히는 모르겠으나, 한 시간 이상 지나갔으니 근 백여 대가 아니었을까. 그 뒤로 소총을 맨 보병대가 4열 횡대로 지나가는데 아주 나이 어린 병사도 눈에 띄었다. 큰 길가에 모여 있는 군중들이 그들에게 박수를 보내고 있었다. 병사들은 을지로6가를 지나 장충단 공원 쪽으로 가고 있었다. 돌연 군인 한 사람이 뛰어나오더니, 나를 향하여 자기가 메고 있는 배낭을 대신 지고 가란다. 나는 기겁을 하였다. 얼떨결에 "나는 다리 병신이요" 하니 옆에 서 있는 다른 젊은이를 데리고 갔다. 겁에 질린 나는 그길로 집으로 돌아왔다.

오후가 되어 다시 동대문으로 나가보니, 파출소의 유리문이 다 깨지고 전화기도 길 복판에 나둥그러져 있었다. 다시 숭인동에 있는 유명한 부자 백낙승 집으로 가 보았다. 그 집 대문에는 고향 분 경찰관이 늘 경호하고 있었기 때문에, 혹시라도 그분이 집에 머무르고 있는가 하여서였다. 백낙승 씨는 태창방직 사장으로, 청량리와 대전에 큰 방직공장을 소유하고 있는 대재벌이었다. 비디오아트로 유명한 백남준 씨가 그의 아들이었다. 백낙승의 집은 밖에서는 큰 대문만 보여서 내부가 어떤지 일반인은 잘 모르는 상태이었다. 여하간 그 집 대문 앞에 가 보니, 집안에서 옷감을 들고 나오는 사람들도 있었다.

7월 2일까지 꼼짝없이 집에 있는데, 대문이 갑자기 열리고 아버지가 눈물을 흘리며 들어오셨다. 우리들을 껴안으며 "살아 있었구나!" 하셨다. 감격의 눈물이었다. 아버지는 시골서 모를 심으시다가 갑자기 서울로 오셨다. 조부님이 "아들 형제를 모두 서울에 두어서 후손이 끊기겠다." 하며 걱정하시는 말씀에, 전화(戰火) 속에서도 아들딸을 구하려고 서울에 오신 것이다. 이것이 부정(父情)이 아니겠는가. 우리는 친척 두 분과 함께, 누님이 준비하여 두었던 재봉틀과 나의 몇 권의 교과서를 등에 지고 곧바로 집을 나섰다.

걸어서 덕소리까지 왔는데, 내무서원이 나를 붙잡았다. "너 국군 장교지?" "아니요 학생입니다." "신분증 내놔 봐." 나는 겁이 나서 "학생증을 모두 버리고 왔습니다. 서울에 두고 왔습니다." 말하니 재차 "너 국군 장교지?" 하는 것이었다. 이유인즉슨 내 이마가 하얗다는 것이다. 국군 장교들은 장교 모자를 쓰기 때문에 이마가 하얀데, 나의 이마가 희니 국군 장교로 보인다는 것이었다. 나는 학생이니 학생 모자를 쓰고 다녀서 하얄 수밖에 없다고 말하였으나 소용없었다. 몇 시간 동안 덕수파출소에서 붙잡혀 있다가 저녁때 풀려났다. 다시 걸어서 팔당을 지나서 노숙하였다. 고향 집이 가까워지니 일시적으로 영웅심이 작동하여 집에 가면 무언가 해야겠다는 마음도 생겼다. 그런데 집에 와보니 벌서 고향 마을 사정이 달라져 있었다. 며칠 사이에 지하 세포 위원장, 인민위원장 등이 생겨 있었고, 그들은 우리를 부르주아지로 인식하는 모양이었다.

조부님은 유학 신봉자신지라, 《정감록》에 나오는 글귀를 계속 말씀하신 바 있었다. 《정감록》에 이런 말이 있다고 한다. "살아자수호(殺我者誰互), 여인대화(女人戴禾)." 이 말은 "나를 죽이는 사람은 누구냐, 여자가 벼를 이고 있다."라는 뜻인데, '여인대화'가 왜(倭) 자를 뜻한다 하셨다. 왜(倭) 자를 자세히 분해해 보면, 여(女) 자 위에 벼 화(禾) 자가 있고, 왼쪽에 인(人) 자가 있다는 것이었다. 그리하여 "일본 사람이 나를 죽인다."라고 해석하여, 일본인을 조심하라는 말로 보고 계셨다.

또한 "살아자수호(殺我者誰互), 나를 죽이는 사람은 누구냐, 소두무족(小頭無足)이다."라는 문구도 있었다. 소두무족은 글자 그대로는 머리는 적고 다리가 없다는 것인데, 바로 당(黨)이라 하셨다. 왜냐하면 당 자를 분석하면 제일 위에 소(小) 자가 있고, 제일 아래에 점만 4개가 있고 길게 내린 것이 없으니, 바로 당(黨) 자가 된다는 것이다. '당이 나를 죽인다. 즉 당에 가입하면 죽는다'고 해석하여 조부님은 절대로 당에 가입하지 말라고 하셨다. 그리하여 우리 집안이나 가까운 친척들은 자유당이나 공산당에 가입한 사람이 없었다. 그 덕택인지 우리 집안은 6.25 당시 아무도 희생된 사람이 없었다.

8월말 경 밤에 회관에서 나를 부른다기에 가보니, 의용군으로 지원하라는 것이었다. 나는 임기응변으로, 서울 학교에서 반장을 하고 있는데, 곧바로 서울에 가서 반 학생들과 함께 지원하겠다고 대답하였다. "그리하라" 하여 집에 갔는데, 같은 날 밤 8번을 더 불려갔다. "동무, 의용군에 지원하시오." 나는 같은 대답으로 일관하여 그 위기를 모면하고, 다음날부터는 낮에 산에 가서 숨어 있었다.

9.28 서울 수복 이후 징병제가 실시되었다. 나는 만 19세로 이에 해당하였다. 나의 주민등록이 서울로 되어 있어, 11월에 서울로 올라가 징집통보가 오기만을 기다리고 있었다. 마침내 12월 26일에 소집되어, 창경원에 집결하였다. 나는 월셋집 주인으로부터 4만 원(환)을 꿔서 주머니에 넣었다. 그런데 그길로 시작된 행군 대열이 덕소, 양평을 지나 고향인 여주로 가는 것이었다. 나는 인솔자에게 말하고 집으로 달려갔다. 동네 마을 앞길로 젊은이들이 매일 지나가는 것을 어머니가 보시고, 혹시 아들이 지나가나 하여 시루떡을 해놓고 계셨다. 아버지는 나를 보러 서울에 가셨다고 하였다. 어머니는 배낭에 떡을 잔뜩 넣으신 뒤, 담요도 넣으시고 어디서 마련하였는지 돈 2만 원(환)을 주셨다.

고향에 남아 있던 징집 해당자들은 전날 소집되어 떠났다고 한다. 전날에 떠난 고향 사람을 부지런히 가면 만나겠지 하면서 마을 앞을 나오는데, 어딘가에 갔다 오시는 길이었던 조부님을 만나 인사를 드렸다. "너 꼭 가야 하니?" "네, 가야 해요." 이 만남이 조부님과 이 세상에서 마지막이 될 줄이야! 조부님은 얼마 후에 작고하셨다고 한다. 그길로 여주읍, 충주, 문경, 상주, 경산까지 꼬박 13일을 걸었다. 발에 물집이 생기는 일도 있었다. 어머니가 싸 주신 떡이 짐이 되었다. 너무 무거워 대원에게 나누어 주기도 하고, 담배를 사서 주며 옆 대원에게 짐을 지우기도 하였다.

상주 근처에서는 마차꾼이 마차를 끌고 가길래 떡과 담배를 사주며 나의 짐을 마차에 올려놓고 가기도 하였다. 이 양반 경상도분이라 전라도 사람 이야기를 들려주기도 하였다. 그의 말에 의하면, 어떤 전라도 사람이 경상도 사람 집에 가는데 그 집에 있는 것은 무엇이든지 가지고 오라고 부친이 말하였다고 한다. 빈손으로 돌아와서 왜 빈손으로 왔느냐고 물으니 아들이 "그 집에는 아무것도 없어요." 하고 대답하였다. 그랬더니 아버지 왈, "목침도 없더냐?"라고 했다는 싱거운 우스갯소리였다.

드디어 경산에 도착하니, 중학교 4학년 이상 학생은 나오라고 하여 손을 들고 나갔다. 이렇게 따로 분류된 사람들은 대구까지 다시 걸어가, 임시 숙소인 방직회사 창고에 들어갔다. 나도 이들과 함께 그곳에서 밤에 잠을 자는데, 하도 추워서 서로 부둥켜안고 밤을 지냈다. 알고 보니 여기가 임시 방위사관학교였다. 철망 밖에는 여인네들이 작은 대야에 배와 사과를 담아서 갖고 나와, "내 배 사이소, 내 딸 배 사이소, 단물이 찍찍 나오는 내 배 사이소!"하고 들어 보였다. 이렇게 저렇게 돈을 쓰다 보니, 곧 갖고 온 돈을 모두 소진하였다. 우리는 방위사관학교 2기생이었는데, 1기생은 온양에서 훈련받았다고 한다. 국군이 계속 밀리고 철수하는 바람에, 대구에서 2기생을 훈련시

킨 것이었다. 이때 우리가 즐겨 부르던 노래가 있다. "찬 바람 불어오는 온양의 거리를 오늘도 새벽부터 구보를 하네. 라이온 위스키는 생각지도 않지만, 막걸리 대포잔이 그립습니다." 였다.

1개월의 지독한 훈련을 마치고, 방위 소위로서 울산 서생포에 있는 육군 예비사단 101사단 109연대 1대대 1중대 2소대장으로 임명되었다. 여기서 약 4개월간 소대원을 훈련시켰다. 식량이 늘 부족하여, 멀대국으로 한 끼를 때우는 일이 다반사였으며, 얼어 죽고 굶어 죽고 밤에는 소대원들이 오줌을 싸기도 하였다. 그 전시 중에도 방위사령관 육군 준장과 부사령관이 식량을 부정하게 처분하여, 나중에 사형당하기도 하였다. 이곳에서 훈련받은 사병들은 차례로 어디론지 배속되었다. 소대원이 몇 번 밥을 가져와 받아먹었는데, 야간에 16명이 탈영해 버렸다. 전라도 어딘지 한 마을에서 소집된 소대원들이란다. 그 길로 정보실에 끌려가 엎드려뻗쳐 상태로 하도 많이 맞아서 업혀 나왔고 여러 날 기동(起動)을 못하였다.

좀 나으려나 싶었는데, 이번에는 경주에 있는 육군 예비사관학교로 입학 명령이 났다. 3개월 훈련이면 육군 소위로 임관되는데, 2개월째 매 맞은 허리가 도져서 밥도 제대로 못 먹고 다 죽게 되었다. 결국 매달 하는 신체검사에서, 의병(依病) 귀가증을 주며 집으로 돌아가란다. 고향 집으로 와서 얼마 후에 신체검사를 다시 받아 병역 면제 판정을 받았다. 내가 징집되어 군대에 있는 동안 어머니는 매일 장독간에 정한수를 떠 놓고 하늘과 터줏대감에 매일 밤 두 손 모아 절하면서 나의 무사 귀환을 빌었다고 한다.

몇 개월 후에 부친의 주선으로 11월경 여주농업고등학교에 편입학하였다. 이때는 중고등학교가 분리되어, 고2에 편입된 것이다. 1학기

여주농업고등학교 졸업 무렵(뒷줄 첫 번째)

를 못 배우고 2학기도 중간에 들어간 편입이어서, 수학과 독일어 등
은 따라가는 데 문제가 많았으나, 수학은 대학 입학 필수시험과목
이라 포기할 수 없어 열심히 공부하여 재학생들을 따라잡았다. 문제
는 법과대학을 지원하려는데, 학교가 농업학교라 생물, 과수, 원예,
토양, 비료 등 법과대학 진학과 관계없는 과목이 대부분인 점이었다.
고등학교를 졸업할 무렵 서울대학교 법대와 공대 두 군데 입학원서
를 누님이 사서 보내주었다. 둘 중 하나를 택일하려는데 마침 담임선
생이 수학 선생이라, "너 수학을 잘하니 공과대학에 가라."고 하는
바람에, 얼떨결에 서울공대 기계과에 지원하였다. 이것이 나의 운명
을 결정한 것이다. 사실 이때 나는 수학과 화학은 다른 학생보다 훨
씬 잘하였다. 다행히 합격하여 1953년 서울대학교 기계과에 입학하
였다.

5

대학 재학 중에 결혼하다

나는 대학 졸업 전 결혼하였다. 사실 나는 당시 시골 사람을 기준으로 보면 늦게 결혼한 것이었으나, 대학 동기들에 비하면 빠른 편이었다. 대학 1학년 시절 부친이 병석에 누워계실 때, 여주군 대신면 소재지에 있는 한의사가 왕진을 온 일이 있었다고 한다. 이때 그 의사가 부친에게 자기 친구인 한의사의 따님이 안성에서 초등학교 교사로 있는데, 며느릿감으로 한번 알아보라는 말을 하고 갔다는 것이다. 이후 나는 부친의 한약을 처방받아 약을 가지고 오는 길에, 문득 생각이 나서 그 여선생의 학교를 찾아가 퇴근하는 모습을 본 일이 있었다.

나는 자라는 동안 항상 가정형편이 좋은 편이 아니어서, 여대 졸업생을 배필로 정하는 것은 생각해 본 일이 없었다. 당시 여대생은 대개 부유한 가정의 여성이어서 감히 배우자로 생각도 못 하였고, 중고 졸업 정도의 여성이면 나의 가정형편에 맞는다고 생각하였다. 한번은 이화여자대학교의 체육대회에 간 일이 있는데, 모두 화려하게 보여 흥미를 잃고 집으로 돌아온 적도 있었다. 부친이 돌아가신 후 고생길에 접어든 나로서는 더더욱 여성과의 교제 자체를 생각해본 일이 없었다. 3학년 때인가 여주농업학교의 후배라면서 여대생이 나를 찾아왔으나, 커피값도 없는 처지라 그냥 돌려보낸 적도 있었다.

부부의 인연이란 따로 있나 보다. 대학 3학년 봄 어느 날, 우연히 지난날에 잠깐 스쳐보았던 여선생이 생각이 나서, 노트 한 장을 찢어 나의 소개를 쓰기 시작하였다. 물론 지금도 교사 생활을 하는지, 결혼하였는지도 모르는 상태였다. 서울대 공대생이며, 가정형편이 어떤지 등을 간단히 적어서 편지 봉투에 넣었다. 이름은 모르고 성만은 들은 일이 있어, '윤 여선생 앞'이라 쓰고 우체통에 넣었다. 답장은 와도 그만, 안 와도 그만! 그저 잊어버렸다.

몇 달이 지나 여름방학도 되고 장맛비가 온 끝이라 시골집이 궁금하여 고향에 내려갔다. 삽을 들고 나가 논두렁을 살피고 집으로 오는데, 어느 중년 신사분이 자전거를 타고 오다 나를 보고 "여기 이종각 씨의 집이 어디요?"하고 물었다. "종각이는 나의 아우인데 누구십니까?" 하고 물으니, "잘 되었네요. 댁으로 갑시다." 하고 말하였다. 집에 도착하여 사랑방 뜰 마루에 앉아 잠깐 침묵이 흐른 후에, 그분은 찾아온 사연을 말하기 시작하였다. "우리 딸이 모르는 남자에게서 편지가 와서 뜯어보고 나서 나에게 보내 주어 읽어보니, 너무 내용이 진실하게 쓰여 있어 한 번 만나보려고 찾아왔다."라는 것이었다. 그 여선생은 부친과 멀리 떨어져 직장에 다닌 터라, 다시 나의 편지를 동봉하여 부친에게 전한 모양이었다.

그분은 위에서 말한 친구 의사의 소개로, 과거 몇 년 전에도 나에게 관심이 있어서 서울에 나를 만나보려고 집에 들른 일도 있었다고 하였다. 마침 부친이 작고하여 내가 고향으로 내려가 있었기에 만나지 못하였던 모양이었다. 다만 나의 방을 들여다보신 일이 있는데, 잉크병이 얼어붙어 있는 것을 보고 '어지간히 고생하고 있구나' 하고 생각하셨다고 한다. 하룻밤을 나와 함께 주무시면서, 내게 가정형편과 장래 희망, 만일 결혼하면 어떻게 생활할 것인지 등을 세세히 물으셨다.

다음날 그분이 귀가하시고 나서 며칠 후에 여선생으로부터 답장이 왔다. '무슨 남자가 편지지에 글을 쓰지 않고, 무성의하게 노트 몇 장을 찢어서 썼나' 의아하게 생각하였으나, 내용은 진실하게 느껴져서 부친에게 보여드렸다 한다. 그리고 부친이 나를 만난 후, 부친으로부터 괜찮다는 말씀을 듣고 답장을 쓰기에 늦었노라 하였다. 몇 달 만에 답장을 받은 것이다. 여하간 반가웠다. 이후부터는 서로 이틀이 멀다 하고 편지를 주고받으며 한 해를 넘기었다. 서로 얼굴도 모르지만 사랑은 깊어 갔다. 그사이 대형 방직공장 부사장으로 계시던 조부님의 내외종 간 되시는 분이, 내게 좋은 곳으로 결혼 중매하시겠다고 제의한 일도 있었다. 내가 이미 정한 곳이 있다고 하니, 씁쓸해 한 일도 있었다.

그해 겨울에 나는 처음으로 여선생을 만나러 근무지인 여주 점동면으로 갔다. 여선생 집 바깥방에 앉아 있는데, 장인될 어른과 함께 부녀가 방으로 들어왔다. 하도 떨려서 그녀의 얼굴을 자세히 보지도 못하였다. 그날 밤 장인어른이 나를 보고 "왜 그리 떨고 있는가?"라고 물을 정도였다. 나는 얼결에 "너무 추워서요"라고 대답하였다. 순진하기도 하지! 잠시 후에 부녀는 나가버리고 나는 홀로 이불을 덮고 잠자리에 들었다. 여선생은 방에 여성잡지를 넣어주고는 다시 나갔다. 아침에 홀로 식사를 마치고 나오는데, "결혼도 안 한 여자가 대문 밖으로 나와 인사하는 게 아니다"며 장인어른이 말하시어, 여선생은 잠깐 대문 안에서 인사하고 들어가 버렸다. 참으로 지금이라면 상상도 할 수 없는 시절이었다.

1956년 5월 5일 나는 어렵게 마련한 약혼반지와 치마저고리 감을 곱게 싸서, 외대에 다니던 친구에게 함을 들려 약혼하러 신부 집으로 갔다. 다음날 여주읍으로 약혼 사진을 찍으러 가기 위해 버스를 탔다. 탑승객이 만원이라 서서 사람들 사이에 끼여서 가는데, 옆에 손이 닿아서 약혼녀의 손인 줄 알고 덥석 잡았다. 내내 손을 잡고 갔는데, 내릴 때 보니 엉뚱한 사람이었다. 바보! 이때가 우리의 두 번째 만남이었지만, 많은 편지 내왕이 있었기에 어색하지는 않았다.

남동생은 곧 입대하게 되고 집에는 홀어머니와 어린 여동생뿐이어서, 따로 살 집을 준비하지는 않고 결혼을 서두르기로 결심하였다. 신부와는 여름방학에 한번 더 가서 만나보고, 그해 11월 15일에 결혼하였다. 결혼식에 입을 양복은 처가에서 맞추어주고, 신발은 종조부(작은할아버지) 되는 분이 사주었다. 예식장 계약과 주례 섭외는 외숙에게 부탁하였는데, 여주 군수가 주례를 서주었다. 그런데 예식장이 우리 집에서 12㎞나 되고 한강을 건너야 해서, 친척 하객을 어떻게 모실까가 걱정이었다. 버스 대절할 돈은 없고, 하는 수 없이 양평 군부대 장교로 근무하고 있던 농고 동창생에게 부탁하여 스리쿼터(3/4톤 트럭)를 빌렸다. 트럭으로 하객을 네다섯 번 여주까지 태워 날랐는데, 마지막으로 출발한 나는 자연 30분이나 예식 시간에 늦게 도착하였다. 신부 측 하객들은 신랑이 사고가 난 줄 알았다고 한

아내(윤정헌)와의 결혼식 사진

다. 예식이 끝나고 혼수 짐을 실은 트럭 운전석에 신부와 함께 앉아 집으로 돌아왔다. 비좁게 운전기사와 함께 세 사람이 탔어도, 나는 마치 구름 위에서 떠가는 것과 같은 행복을 느꼈다.

서울공대를 졸업할 무렵 누님이 아주 관상을 잘 보는 사람이 있다고 하여 앞날이 궁금하기도 하고 호기심도 생기어 그를 찾아가 본 일이 있었다. 그때 내 나이 25세였다. 나의 얼굴을 자세히 들여다보더니 "당신은 부선망(父先亡)이고 20세 전에 부친이 돌아가시었을 것이다."라고 하였다. "맞습니다." 하니 "결혼은 하였는가?" 물었다. "결혼했습니다." 하니 "늦게 결혼했으면 좋았을 것이다." 하고 말하였다. "부인은 몇 살이냐?" 물어서 동갑이라 하니 "생일이 누가 먼저냐?"고 물었다 나의 처가 생일이 위라 하니, "그러면 되었다."고 말하였다. 관상쟁이가 내 결혼 여부를 물을 때, 순간적으로 결혼하기까지의 과거가 머리를 스쳐갔다.

그 관상쟁이는 내게 "당신은 쇠와 인연이 있는 사람이다."라고도 말하였다. 그래서 내가 아마도 공과대학을 지원하였나 보다. 관상가는 내가 부모님의 덕은 많이 못 받아도 공은 많이 받았다고 하였다. 덕은 '재산을 많이 못 받았다'는 말이다. 앞으로는 어떠냐고 물으니 "32~33살에 직업이 바뀔 것이요 42~43세에 또 직업이 바뀔 것이라" 하였다. "당신은 40세부터 20년간 대운"이라 하였다. "그러면 60세 이후는 나쁘다는 말입니까?" 하니 그후에도 대운이라 하였다. "대운이면 정승판서라도 한다는 것입니까?" 하니 귀가 잘생기지 못하여 그렇게는 안 된단다. "그러면 참판 정도는 됩니까?" 하니 그리는 된단다. 지금 생각하면 대충 이대로 살아온 것 같다.

서울대학교 재학시절(앞줄 오른쪽 세 번째)

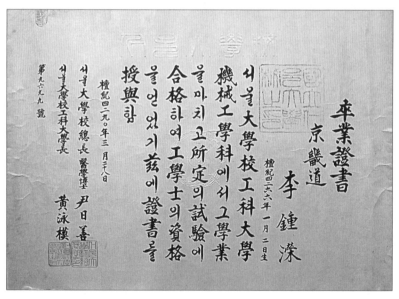

서울대학교 졸업증서

6

교사 생활을 마감하고 이직을 모색하다

대학 졸업 후 내 첫 직장은 글 앞머리에서 말한 대로 고등학교 교사였다. 학교에서 학생들을 가르치다 보니 1년이 후딱 지나갔다. 그 간은 아주 즐거웠다. 물리를 가르치는 것은 더욱 재미가 있었다. 학생들을 가르치기 위해서는 나 자신부터 공부해야 했는데, 그 과정이 매우 흥미로웠다. 그러나 2년 차부터는 같은 것을 되풀이하다 보니 차차 지루함마저 느꼈다. 아마도 교직 생활은 나와는 맞지 않는 것 같았다. '빨리 내가 갈 길을 가야지!' 마음은 급하나 마땅히 갈 곳이 잡히지 않았다.

이러는 사이 4.19 혁명이 일어났다. 이기붕 자유당 대표는 그의 친아들 이강석 소위(이승만 박사에게 양아들로 입적)에 의하여 자택에서 권총으로 살해되었으며, 이강석은 그길로 경무대(지금의 청와대) 이 대통령 앞에서 권총 자살하였다. 이 대통령은 하야하여 하와이로 이주하였다. 내각제로 정치가 바뀌어 윤보선 씨가 대통령으로, 장면

씨가 총리로 취임하면서 민주당 정권이 들어섰다. 새로운 이정표가 세워지는 듯하였으나, 극도의 사회 혼란과 정권의 무능으로 1년 이상 허송 세월을 하였다. 서울에서는 매일 데모가 끊이지 않았다.

이어서 1961년 5.16 군사혁명이 일어났다. 육군 소장 박정희 장군이 이끄는 군부는 초기 매우 혼미를 거듭하였으나, 곧 혼란을 수습하고 국가재건최고회의가 구성되었다. 이후 혁명 공약 6개 항이 발표되었다. 내용은 반공이 국시이고, 유엔헌장을 준수하며, 부정부패를 일소하고, 민생고를 해결하며, 이를 완성하면 군으로 돌아간다는 내용 등이었다. 5.16 군사정권에 대하여 처음에는 온 국민이 의아하게 생각하였으나, 사회를 혼란케 하는 폭력조직이 소탕되고, 국가발전 계획이 수립되어 이행됨에 따라 사회는 차츰 안정되어 갔다.

그동안에도 나의 교직 생활은 그대로 이어져갔다. 교장 선생님의 장남 대학 입학을 위하여 가정교사로 그분의 집에서 숙식하기도 하고, 교사 사택이 비워져서 그리로 이사도 하였다. 그러나 점점 교사 생활에 대한 흥미를 잃어갔다. 내가 평생 갈 길이 아닌 것이 점점 분명해졌다. 결국 교직 생활의 임무를 마감하고, 1961년 말경 서울 전농동으로 이사하였다. 방 하나를 월세로 얻어 이사하였으나, 참으로 초라한 생활이었다. 부엌도 없는 곳에 사과 상자 하나를 구해 그것을 밥그릇을 담는 찬장으로 삼았다. 어린 남매 둘을 데리고 전부 네 식구가 시골에서 갖고 온 쌀 몇 말로 연명하면서, 부엌과 방한용 연료라고는 19공탄뿐이라, 나의 아내는 고생이 이만저만이 아니었다.

혼란스러웠던 1960년 무렵 나도 교직 생활을 접고 서울로 올라와 새 직장을 구하기 시작하였다. 그러던 중에 교통부 철도국 인천공작 창에서 낸 사원모집 공고를 보고 응시하였다. 다행히 합격이 되어 인천공작창을 다니게 되었다. 여담이지만, 교직 생활을 하는 동안 공무원이 될 기회가 있었다. 서울시청에 시설국장으로 계신 분이 경기공고 은사였고, 동기생이 시설국에 근무하고 있어 나를 서울시청 공무원으로 채용하여 주겠다고 하였다. 그러나 3.15 부정선거의 후유증으로 차일피일하는 동안, 4.19 혁명과 5.16 군사혁명이 연이어 일어나는 바람에 시청 공무원의 꿈이 사라져 버렸다. 또한 이것이 나의 운명이다. 나는 공무원이 될 운명이 아니었다.

산업화 시대로 가는 길목에서 (농업의 현대화)

1945년 8월 15일에 해방이 되고 1948년 8월 15일에 대한민국은 건국이 되었다. 그러나 제대로 나라의 형성과 정부의 운영이 되기도 전에 1950년 6월 25일 전쟁이 발생하였으며 온 나라는 폐허가 되었다. 서울이 잿더미로 변하고 먹을 것 입을 것이 없이 하루하루를 실망하며 살아갔다. 그나마 일제시기에 있었던 산업시설은 북한 땅에 있었으며 한국에는 산업시설이라고는 거의 없었다. 전기는 북한에 있는 압록강 수풍댐에서 2백만kW가 발전되었으나, 남북분단으로 인해 남한의 총발전량은 4만kW로 오늘날 큰 빌딩 한 개의 소비량도 채우지 못하는 정도였다.

5.16 이후 정부는 부족한 식량을 해결하기 위하여 각 군마다 농촌지도소를 설립하고 농과대학 등의 졸업생을 많이 채용하여 농업의 과학화와 현대화를 꾀하였다. 또한 충주비료 공장을 건설하여 곡물의 증산을 도모하였고, 각처에 저수지를 건설하여 농업용수를 확보하였으며, 벼의 품종을 개량하여 통일벼라고 이름지었다. 이 통일벼

쌀은 기존 벼 쌀보다 밥맛은 적으나 기존 벼 수확량보다 2~3배 생산량이 증가되었다. 이 무렵은 한창 보릿고개가 심할 때였다. 보릿고개라고 함은 농가에서 가을 수확이 끝난 후 획득한 곡식이 겨울에 소진되어 가고, 봄이 되어 아직 보리 수확이 이루어지기 직전의 시기를 말하며 이때는 아직 풀도 다 나지 않을 때라 굶어 죽는 사람도 많이 있었다.

정부는 새마을 운동을 시작하여 우리도 한번 잘살아 보자고 외쳤다. "초가집도 고치고 마을 길도 넓히고 …". 이 노래가 산업화에 어떤 영향을 주었는지 처음에는 잘 몰랐다. 이전에는 시골 농촌 길은 사람이 겨우 다닐 수 있는 정도의 좁은 길이 많았다. 모든 운반은 지게나 소를 이용하였기 때문에 넓은 길이 별로 필요가 없었다. 그러나 농업의 현대화를 하려면 운반이 기계화 되어야 하고, 농기계가 통과하려면 자연 넓은 길이 필요한 것이다. 특히 농촌의 지붕개량 운동은 사회에 엄청난 변화를 일으켰다. 초가지붕을 없애고 함석과 슬레이트(slate)로 바꾸었다. 농촌 가옥을 아름답게 하려고 지붕개량을 하였을까? 몇 십 년, 몇 백 년 내려오던 찌그렁 집이 지붕 좀 바꾸었다고 아름다워질까? 물론 조금은 나아지겠지 ….

시골집 지붕은 모두 볏짚으로 되어 있었다. 이 볏짚은 농민이 모를 심어 가을에 추수하고 남은 볏짚으로 지붕을 덮는 것이다. 그런데 일년 농사지어 생기는 볏짚은 그해 지붕을 덮고 소의 사료로 사용하는데도 모자라서 대개 2년에 한 번씩 지붕을 덮는다. 지붕을 개량하니 볏짚이 남는다. 남는 볏짚을 어다다 쓸꼬. 여기에 중요한 의미가 있었다. 농촌에서 밥을 짓거나 겨울에 난방으로 온돌을 덥히려면 연료가 필요하다. 그 연료는 어디서 구할까? 산에서 나무를 베어 땔감으로 사용하였다. 그러므로 일제시기에도 나무를 베어 땔감으로 사용하는데, 산림간수라 하여 나무를 베면 붙들어가 감옥에 처넣곤 하였다. 그리하여 숨어서 나무를 베고, 또 겨울에는 아주 춥게 살아왔다. 그러나 해방이 되어 감시자가 없으니 산에 나무는 마구 베어졌고, 더구나 6.25 전쟁 후에는 더욱 심하여 산은 모두 민둥산이 되었다. 나무도 모자라 풀까지 베어갔다. 농민은 연료 문제로 고달팠다. 그러나 지붕개량이 되니 농민이 산에 갈 필요가 없었다. 나무를 벨 필요도 없고 그만큼 편하게 살 수 있었다. 남는 볏짚 덕택이었다. 더구나 볏짚의 화력은 나무에 못지않고, 또한 그 재는 비료를 대신하여 사용할 수 있으니 일거양득의 이익을 얻을 수 있었다.

오늘날 대한민국은 산에 나무가 우거져 있는 덕분에 산사태도 막고 깨끗한 물도 사용할 수 있고 곳곳에 아름다운 관광지를 조성할 수 있게 되었다. 그러면 현재 어떻게 저렇게 삼림이 우거질 수 있었을까? 많은 사람이 식목만으로 이루어졌다고 생각할 텐데, 이는 바보 같은 생각이다. 물론 해마다 식목일이 있어 많은 나무를 심은 것은 사실이다. 그러나 그것은 극히 일부일 뿐이다. 실제로 농촌 사람이 나무를 베지 않으니 나무가 남게 되고, 나무의 열매를 다람쥐가 씨를 옮겨주며 혹은 새들이 옮겨주기도 하고 바람이 옮겨주기도 하여 인간이 식목한 수보다 수백 배 수천 배의 효과로 단시일 내에 산림녹화가 이루어졌다. 이는 지붕개량 정책의 효과로 이루어진 것이다. 누구의 아이디어인지?

7

새로운 직장에서
철도 차량 객화차(客貨車) 제작에 참여하다

1960년 12월 말 인천공작창에서 합격 통지가 왔다. 이때 모두 9명이 합격하여 입사하였는데, 기계 계통 8명, 화공 계통 1명이었다. 5.16 군사혁명 후 정부는 객차 200량, 화차 400량, 그리고 수십 량의 디젤동차(디젤을 동력원으로 움직이는 철도차량)를 생산할 계획을 갖고 인천공작창을 오픈하였다. 우리를 채용한 것도 그 일환이었다. 우리 중 1인이 시설과에 배치된 것 외에는 전원이 설계실에 배속되었다.

그런대로 몇 개월 잘 지냈는데, 어느날 커튼 박스(창문 윗 쪽에 커튼을 달 수 있도록 만들어 두는 공간)를 설계한 것이 잘못되어 크게 실수한 일이 있었다. 이 설계에 따라 외주 제작하여 객차 창에 부착하여 보니 창문 커튼이 움직이지 않았다. 박스의 깊이를 필요한 길이보다 2㎜ 적게 하여 커튼이 상하로 움직이지 않아 난리가 났다. 객차에는 여러 개의 창이 있으며, 승객의 상황에 따라 외부를 볼 수 있도록 커튼을 올리기도 하고 햇빛이 심하면 내리기도 해야 한다. 커튼을

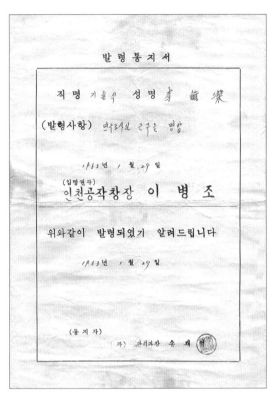

인천공작창 발령 통지서

완전히 위로 말아 올려 접힌 직경보다 박스의 직경이 약간 커야 하는데, 제작된 박스는 2㎜가 작았던 것이다. 많은 양의 주문품을 버릴 수도 없고 난처하였는데, 궁즉통(窮則通)이라고 3㎜의 밑받침을 추가로 만들어 겨우 난관을 해결하였다.

몇 달 동안 설계실에서 일하다 제작과로 옮기어 현장 제작 업무에 종사하게 되었다. 열심히 일하다 보니 제작 주임으로 승진하였고, 철도청장님으로부터 우수 모범 표창장도 받았다. 그런데, 우리 신입사원들에게는 급여상 문제가 있었다. 우리가 공무원이 아닌데도 봉급

50

이 공무원 기준으로 책정된 것이었다. 그것이 우리들의 불만이었다. 월급이 고작 1만 3천 원이었다. 우리는 날짜를 정하여 창장을 면담하고, 면담 시 봉급의 재책정을 요구하였다. 이때 창장은 군의 수송 장교로, 현역 육군대령이었다. 창장이 말하기를 "월급 재책정은 어려우니 특근(잔업)을 매일 2~3시간씩 늘려 기록하고, 그 수당으로 부족분을 충당하라"는 것이었다. 그리하여 우리는 일 없이 매일 퇴근 시간이 지나서 몇 시간씩 놀다가 늦게 집으로 가게 되었다. 이때 나는 용산역 근처에 세를 얻어 생활하고 있었는데, 매일 기차로 출퇴근하였다. 철도청에 근무하는 덕택으로 기차는 모든 노선 무료 패스를 갖고 있었고, 아침 7시 반에 출발하여 기차를 타고 인천역에 도착, 9시 출근 시간을 맞추었다.

어느 날 특근을 하고 밤 10시가 지나서 연세대 화공과를 졸업한 친구와 함께 객차에 올랐는데, 아무도 없는 한 구석에 아가씨 2명이 앉아서 서로 이야기를 하고 있었다. 기차 안은 별로 밝은 편이 아니어서 얼굴은 잘 볼 수 없었으나, 밉게 생긴 것 같지는 않았다. 우리도 피로하고 적적한 판에 소주 한 병과 오징어 한 마리를 사 들고 가서 합석하여 함께 마시자고 하였다. 그들은 의외로 선뜻 "좋아요." 하면서 우리의 요청을 받아주었다. 이런저런 이야기를 하며 시간 가는 줄 모르는 사이 어느덧 용산역에 도착하여 나는 내리고 3인은 그대로 서울역까지 갔다.

다음날 아침 출근하기 위하여 용산역 플랫폼에서 기차를 기다리고 있는데, 기차가 도착하자마자 어제 만난 아가씨 한 사람이 손을 흔들며 자기 자리로 오라 하여 가보니, 빈자리 하나를 남겨 놓고 거기에 앉으라는 것이었다. 기차는 서울역에서 출발하는데 그때부터 사람이 꽉 차서 앉을 자리가 없어서 용산역 탑승 승객은 서서 인천까지 가는 것이 보통이었다. 그후에도 이 아가씨는 나를 위하여 매일 빈자리 하나를 맡아 놓고 용산역에서 나를 맞이하곤 하였다. 내가 맘에 들었나 보다. 사실 나의 동창생으로부터 "너는 얼굴이 촌놈 같이 생겨서 순수하게 보여 호감을 받는다."라는 말을 들은 적이 있다. 그래서 그랬는지 그 아가씨가 매일매일 앉을 자리를 만들어주어 편안하게 출근할 수 있었다. 얼마 후에 그 아가씨가 보이지 않는데, 내가 기혼자라는 것을 알아차린 모양이었다. 함께 퇴근하던 연세대 출신 친구는 그 몇 달 후 같은 기차를 탔던 다른 여성과 결혼하였다.

억울하게 놓친 해외 연수 기회, 사표를 내다

입사 후 1년이 지난 어느 날 철도국 본청으로부터 공문 하나가 내려왔다. 콜롬보 계획의 일환으로, 철도청 산하에서 1인을 뽑아 외국으로 6개월간 연수훈련을 보내니 인천공작창에서도 희망자를 보내 시험에 응하라는 내용이었다. 콜롬보 계획은 선진국들의 후진국 전문 인력에 대한 훈련계획으로서, 1년에 한 번 공무원 중에서 몇 사람, 기업체에서 몇 사람씩 선발하여 캐나다나 호주로 6개월씩 국비로 교육 기회를 제공하는 것이었다. 사실 그때만 해도 보통 사람이 외국에 간다는 것은 하늘의 별 따기처럼 어려웠다. 인천공작창에서는 8명이 응시하고자 지정된 날짜에 서울 본청으로 올라갔다. 나도 그중의 한 명으로 여기에 합류하였다.

시험장에 들어가서 보니, 약 30명의 응시자가 책상에 자리 잡고 있었으며, 시험문제는 영어를 한국어로, 한국어를 영어로 번역하는 것이었다. 별로 어렵다고 느껴지지 않아 답안지를 쓰고 있는데, 뒷자리에 있는 본청 설계계장이 답안지를 보여 달라고도 하고 영어사전을

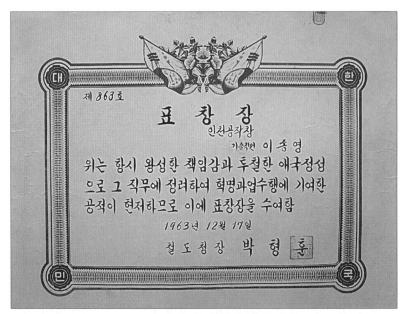

인천공작창 시절 받은 표창장

보기도 하며 커닝을 하는 것이었다. 그 설계계장은 철도청 위탁생으로, 나의 대학 2~3년 선배이기도 하였다. 시험을 마치고 결과는 오후에 발표한다고 하여 구내식당에서 식사하는 중에, 마침 그 설계계장을 만났다. 그가 하는 말이, "당신이 시험을 제일 잘 봐서 아마 당신이 6개월 연수를 가게 될 것이다."라고 말하였다. 이 말을 듣고 나는 한껏 희망과 기대에 부풀었다.

오후에 합격자 발표를 하였는데, 연수 정 후보는 설계계장, 부 후보는 나라고 하였다. 총무과에 가서 "정 후보는 무엇이고 부 후보는 무엇이냐?"고 물어보니, 정 후보는 해외 연수를 가는 사람이고, 부 후보는 정 후보가 사고로 연수를 못 가게 될 경우에 대신 가는 사람이라 하였다. 순간 나는 화가 머리끝까지 치밀어 올랐다. 나는 총무

과장의 책상을 내리쳤다. "내가 시험을 제일 잘 보았다고 하고, 설계계장이 나보다 시험을 훨씬 잘못 보았는데 내가 부 후보라니, 그따위 부 후보 안 하겠다."라고 하였다. 총무과장 왈, "그러면 다른 사람을 부 후보로 하여도 되는가?"라고 하여 그러라고 하였다. 인천공작창에서 올라온 같은 직원 한 사람이 대신 부 후보가 되었으며, 그 사람은 영문도 모르고 좋아하고 있었다.

나는 회사로 내려오자마자 창장실로 들어가 전후 사정을 말하고, 시험 결과를 시정하여 달라고 요청하였다. 며칠이 지나도 아무 소식이 없어 알아보니, 나의 항의가 본청에서 문제가 되어 모두 합격을 취소하였단다. 대신 현장 영업 부서만으로 2차 시험을 보게 하여, 다른 과장이 후보로 결정하였다고 하였다. 정말로 어이가 없었다. 세상에서 이런 일을 어부지리라 하지! 이 사람은 어부지리로 횡재를 한 것이요, 설계계장과 나는 '닭 쫓던 개 달만 쳐다보는' 격이었다.

인천제철에 근무하는 한 분이 나의 억울한 이야기를 듣고, 경제기획원의 담당자를 알고 있으니 한번 만나보라 권하였다. 콜롬보 계획에 의해 시행되는 외국 연수를 최종으로 담당하는 부서가 경제기획원이었다. 나는 경제기획원으로 가서 담당자를 만나 사정을 설명하고 상황을 알아보았다. 그랬더니 교통부에서 이미 한 사람을 지정하여 보고되어 왔기 때문에 자기로서는 더 이상의 방법이 없고, 규정대로 시행할 수밖에 없다고 하였다. 나는 크게 실망하고 지금 있는 직장에 환멸을 느껴 다른 직장으로 옮길 결심을 하였다. 훗날 이때 훈련 간 분은 철도청장이 되었고, 설계계장은 차량국장이 되었다. 나는 그분(설계계장)을 만나 지난 일을 사과하고, "만일 선배님이 '이번에는 당신이 연수 갈 거야' 하고 희망과 기대를 한껏 불어넣어 주시

지 않았거나, 혹은 '이번은 나에게 연수 가는 것을 양보해 달라'고 말
했던들 내가 그리 낙망하지 않았을지도 모릅니다."고 정중히 말하였
다. 그분은 웃으며 "지난 일은 잊어버립시다."라고 하였다.

2장

현대건설 입사와 현대양행 시절

30대 중반의 나이에 임원이 되다

1

현대그룹의 초기 형성 과정

 그렇게 채 2년이 되지 않는 내 두 번째 직장 생활이 끝났다. 새로운 직장을 찾아 여기저기 알아보는 중에, 현대건설에 근무하고 있던 친구의 소개로 현대건설에 입사하였다. 내가 입사할 무렵의 현대건설은 그리 큰 회사는 아니었다. 서울 무교동 7층 건물에 본사가 있었으며, 토목부·건축부·기계부·전기부·공무부·무역부로 짜여 있었다. 정주영 사장, 정인영 부사장이 핵심이 되어 회사를 운영하고 있었다. 정주영 사장과 그분의 장남인 정몽필 씨의 말에 의하면, 정주영 사장은 강원도 통천에서 5남 1녀 중 장남으로 태어났다. 어린 시절 조선일보에 게재된 '시골 쥐와 서울 쥐' 이야기, 특히 서울 쥐는 시골 쥐보다 훨씬 잘 먹고 산다는 이야기를 보고 가출을 결심, 가출 시도 2회 만에 소 판 돈으로 서울로 올라왔다고 한다. 쌀가게 할머니 댁에서 일을 하던 중, 그 할머니의 마음을 얻어 가게를 인수받고 이를 성공적으로 운영하였다.
 8.15 해방 이후에는 서울 중구에 조그마한 자동차 서비스 공장

을 차려 경영하였다. 그러다가 돌연 6.25 전쟁이 발발하여 정주영·정인영 형제는 부산으로 피란을 갔다. 할 일이 없어 방황하던 어느 날 밤, 정인영 부사장 꿈에 어머니가 현몽하여 내일 어느 쪽으로 가보라는 것이었다. 다음날 그 방향으로 가는데 미군 지프차가 서며 "헬로 미스터 정" 하고 대위 계급장을 단 미군 장교 하나가 내렸다. 정인영 부사장은 도쿄 아오야마 학원에서 영문과를 수업한 덕택으로 영어 회화가 능통하였고, 해방 후에는 동아일보에 기자로 근무하고 있었는데, 그때 공병 소위였던 그 미군 장교와 사귀면서 인연을 맺었던 사이였다고 한다.

미군 장교와 부사장은 서로 반가워하며, 그 장교의 막사로 가서 커피를 마시면서 서로 지난 이야기를 하였다. 이때 미군 장교가 말하기를, "부산으로 전쟁 군수물자가 들어오는데 보관창고가 없다. 그러니 창고를 지을 수 있는 사람을 소개할 수 없느냐"고 하였다. 부사장은 "잘하는 사람이 있다."며 다음날 그의 형인 정주영 사장을 대동하여 장교의 막사로 갔다. 그리고는 "이 분이 그런 일을 아주 잘하니 그 일을 이 분에게 맡기면 잘할 것이다." 하였다. 그러자 미군 장교는 그 자리에서 창고 설계 도면을 보여주며 견적서를 써보라고 하는 것이었다. 정주영 사장은 우선 견적가격 난에 1자를 적고 난 뒤 0을 하나 붙이고 계속 0을 추가하였다. 1달러, 10달러, 1백 달러, 1천 달러, 1만 달러, 10만 달러 이렇게 0자를 계속해 쓰고 나니 장교 얼굴색이 변하기 시작하였다. 그래도 계속 0을 추가하니 미군 장교는 "너무 비싸다"고 정인영 부사장에게 말하였다. 정주영 사장은 영어를 몰라 아우에게 "지금 뭐라고 말하느냐?" 묻고, "너무 비싸다고 한다."라고 하니 이번에는 반대로 0을 하나 지우고 또 하나 지워가서 결국 미군 장교가 "OK"할 때 멈추었다 한다. 이렇게 하여 계약서가 작성되어 창고를 짓게 되니 그 가격이 얼마나 높았을까. 이리하여 현대그룹의 건설업이 시작되었다.

이후 그 미군 장교가 정인영 부사장에게 하는 말이, "군수물자가 부산으로 오는데, 항구가 제대로 구축되지 않아 먼 바다에 군 화물선이 정박하고 작은 배로 부두로 옮겨 실어야 한다. 필요한 선박회사를 소개해달라." 하여서 역시 자기 형이 잘한다고 소개하였다. 이리하여 그 업무를 맡게 되니, 현대그룹 해운업의 시작이었다. 정씨 형제 두 분은 회사명을 현대건설 주식회사라 등록하고 미군이 발주하는 공사를 많이 하게 되었다. 막사 공사, 도로 공사, 비행장 공사, 연료탱크 공사를 차례대로 수주하여 떼돈을 벌었다. 정 사장의 매제인 김영주 사장 말에 의하면, 트럭으로 가마니에 물건을 잔뜩 싣고 상경하여 "저것이 모두 돈이다." 하여 농담으로 하는 말로 알았는데, 실제로 그 가마니 속에 들어 있던 물건이 모두 화폐였다고 한다. 당시는 은행의 송금이 잘 이루어지지 않던 시대였다.

2

현대건설에 입사하고
단양 시멘트공장 건설에 참여하다

1964년 1월 2일, 나는 정주영 사장 사무실에서 기계부장의 안내로 입사 면접을 보게 되었다. 그때 나는 건설회사가 어떤 회사인지 막연하게 알고 있을 뿐이어서, 나를 소개한 친구에게 내가 입사하면 어떤 일을 하느냐고 물어보았다. 그가 말하기를, 도면을 보고 냉난방에 들어가는 기기들의 수량을 뽑고, 이렇게 산출된 파이프·볼트·너트·패킹 등의 수와 이들의 구매가격을 산정하여 최후로 입찰서를 작성하는 일이 내가 하게 될 주 업무라 하였다. 그 정도는 나도 할 수 있으니 소개하여 달라고 하여 이루어진 것이었다.

입사 면접 시 정주영 사장은 "지금 어디서 근무하지요?" 묻길래 "교통부 철도국 인천공작창에서 일하고 있습니다." 하고 대답하였다. 그러자 정 사장은 "교통부 공무원보다는 나으니 우리 회사로 오라."고 하여, 나는 "네, 그리하겠습니다." 대답하고 사장실을 나왔다. 부장에게 내 월급이 얼마냐고 물었더니, '왜 면접 때 사장님에게 월급

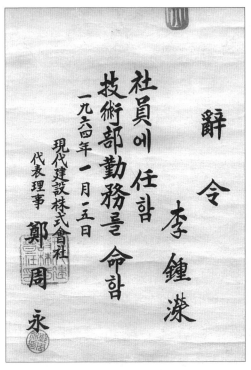

辭　令

李　鍾　漾

社員에 任함

技術部 勤務를 命함

一九六四年 一月 二五日

現代建設株式會社

代表理事　鄭周永

현대건설 입사 사령증

이 얼마냐고 물어보고 원하는 것을 요구하지 않았느냐'고 오히려 나에게 되물었다. 지금이라도 찝찝하면 다시 가서 이야기해보라고 하였다. 솔직히 말해서 나는 용기가 없어서 다시 가지는 못하였다.

한 달 후에 월급봉투를 받아보니, 소개해 준 친구가 대략 얼마 줄 것이라는 금액보다 훨씬 적을 뿐만 아니라, 과거 인천공작창에서 받은 금액보다도 적었다. 나는 기획실에 가서 과거 받은 급료 봉투를 제시하며 재조정을 요구하여 겨우 수정되었다. 이때의 초봉은 월 1만 6천 원이었다. 현장 수당으로 8천 원이 추가되어 그런대로 만족하였다. 나는 기계부에 배속되었으며, 도면을 보고 견적서를 작성하는 것

현대건설 시절 단양 시멘트 공장에서(왼쪽)

이 주 업무였다. 주로 발전소 공사, 미군 막사에 시설되는 배관공사, 군용 시설에 들어가는 냉난방 공사 등이었다. 첫날에는 좀 서툴렀으나, 이후 큰 어려움은 없었다.

5.16 후 농업 현대화 정책과 함께 정부는 경공업 정책의 일환으로서, 시멘트공장들을 위시하여 비료공장·제당공장·섬유공장 등의 건설을 차례로 추진하였다. 우선 여러 건설 작업에 필요한 시멘트를 생산하는 공장건설에 주의를 기울였다. 이 당시 한국에는 시멘트공장이 문경에 하나뿐이었는데, 정부의 방침에 따라 현대와 한일시멘트 회사가 공장을 새로 만들게 되었다. 현대건설은 단양에 시멘트공장을 세우기로 하고, 정주영 사장의 둘째 아우인 정순영 씨를 사장으로 임명하여 경영을 맡겼다.

2월 말이 되어 나는 단양 시멘트공장 건설 공사 현장으로 발령이 났다. 현장으로 내려가기 전 회사로부터 생활에 필요한 준비물로 양말을 많이 가져가고 내의도 여러 벌 갖고 가라는 지시를 받았다. 작업 현장에서는 세탁도 어렵고, 휴일도 없고 휴가도 없기에 작업 현장의 근무 기간에 맞추어 생필품을 미리미리 준비하라는 것이었다. 건설 현장은 충청북도 단양군 매포면(지금의 매포읍)이었다.

현장에 도착해서 보니, 겨울에 얼었다가 녹기 시작하여 질퍽질퍽한 붉은 진흙땅 여기저기에, 목재로 포장한 몇 톤씩 나가는 기계 박스들이 무질서하게 널려 있었다. 공사장 숙소는 기사 2인당 1실로, 숙소 건물마다 식당이 하나씩 설치되어 있었다. 시멘트 원료인 석회석이 매장되어있는 산으로 둘러싸여 있었고, 산 일부를 깎아 만들어진 공장 대지는, 군화를 신지 않으면 다닐 수가 없을 정도의 험지였다. 앞산은 턱을 치받치고, 뒷산은 덜미를 잡고 머리를 들어올려야 해를 볼 수 있는 첩첩산중이었다. 치마 입은 여성이란 오직 식당에 근무하는 몇 명의 직원뿐이고, 그 외에는 모두 흙이 묻은 작업복을 입은 남성 노동자들이었다.

이발도 할 수 없고, 제대로 목욕도 못하는 생활이었다. 아침 해 뜨는 시간이 출근 시간이요, 일어나 식사 후 작업장으로 가서 일하다 해 지는 시간이 퇴근 시간이다. 작업이 끝나고 세수를 하는 둥 마는 둥 저녁 식사를 하고 나면, 모두 곯아떨어져 쿨쿨 잠자게 되는 혹독한 지옥 같은 곳이었다. 일요일도 없고 휴가도 없어서, 비 오는 날이라야 쉬는 날이었다. 과거 다니던 직장은 집에서 식사하고 아침 8시 가까이 되어 출근하며 그럭저럭 낮일하다 5시 퇴근 후 적당한 시간에 집에 오는데, 이런 현장은 초임자로서는 견디기 어려웠다.

이때 현장 노동자들이 부르는 노래가 있었다.

"엥헤야 엥헤야 엥헤이에야 우리가 살면 얼마나 사나, 여섯 자 이내 몸이 헤어나지 못하네. 하루의 품삯은 열두 냥 우리의 살림은 스무 냥이라, 엥헤야 엥헤야 비오는 날이면 공치는 날이다.달뜨는 밤이면 임 보러 가고!"

가사는 온전히는 다 못 외우나, 바로 그 시절 공사장 노동자들의 심정을 노래한 것이다. 며칠을 일하였으나 적응이 어려워, 나에게 입사를 권유한 서울 본사에 있는 친구에게 회사를 사직하겠다고 말하였다. 그 친구는 "3개월만 참고 일해라. 그 일이 끝나면 서울로 오면 되잖니."라고 나를 말렸다. 나는 다시 마음을 가다듬고 참고 일하기로 하였다.

단양 공장의 시멘트 생산시설은, 석회석을 분쇄하는 기계로부터 시작하여, 완성품 포장시설까지 7개 공정으로 되어 있었다. 이에 맞추어 건설 작업도 1구역부터 7구역으로 나누어 각각 분담하였다. 나는 후배 기사와 함께 7번째 구역을 담당하였는데, 기능공 10명이 나에게 배당되었다. 이들은 서울의 원효로 공장에서 일하던 기능공들이었다.

나에게 배당된 기능공들은 처음에는 나를 무시하곤 하였다. 그들은 이미 현대건설에서 오랜 기간 일한 데다가, 나보다 나이도 많은 사람들이었다. 공사 7구역이 끝나는 지점 사일로(Silo. 시멘트, 곡물, 사료 등 고체 화물을 저장해 두는 원통형 창고)라 하여 높이가 30m 이상 되는 시설물이 있었다. 하루는 이곳 상부에서 간단한 설치 작업을 하여야 했다. 사다리도 있고 충분히 올라가 작업할 수 있는데, 위험하다며 기능공 중 아무도 안 올라가는 것이었다. "어라 이놈들, 나를 무시하네!"라고 속으로 생각하며, 사다리를 타고 올라갔다. 어느 정도 작업을 하고 내려와서 그들에게 말하였다. "나는 기능자도 아닌데 올라가 일을 하였다. 당신들은 모두 이런 일에 전문가들인데도 아무도 일을 안 하니, 상무 님에게 말하여 모두 돌려보내겠다."라고 하니 그제서야 올라가 작업을 하였다.

건설 현장에서 나의 목표는 나에게 분담된 구역의 작업을 빨리 끝내고 서울로 올라가는 것이었다. 남보다 맡은 일을 빨리 끝내려면 두 가지 장애물을 속히 해결하여야 했었다. 첫 번째는 운반용 중기(重機) 확보였다. 기계를 포장한 박스 무게는 하나가 수 톤 이상이라서 운반용 중기 없이는 설치 장소로 가져오기 어려웠는데, 당시 공사장 내 운반용 중기로는 크레인 하나뿐이었다. 나는 무조건 일찍 서둘러 운반 장비를 차지하고 대형 기계 박스들을 설치 장소에 옮겨 놓았다. 중기를 관리하던 책임자는 서울 중기 사무소 공장장이었는데, 내가 매일 운반기계를 남보다 먼저 가져가 사용하자, 하루는 그 관리 책임자가 나에게 큰 소리로 호령을 하는 것이었다. 나도 화가 나서 말하기를, "먼저 가져가는 사람이 임자지, 뭐 그렇게 잔소리가 많아! 그렇게 잘 났으면 하늘로 날아다니지 왜 땅 위에서 기어 다녀!" 하니, 그 뒤로는 크게 시비하지 않았다.

두 번째는 여러 명 와 있었던 미국인 공사감독자들의 간섭이 심하여 공사 진행이 어려운 점이었다. 미국인 감독자들은 시멘트 생산 기계 제조회사인 A사와, 공장시설 설치 및 생산 컨설턴트 회사인 F사에서 파견되어온 사람들이었다. 나로서는 겨우 운반 장비 문제를 해결하니, 또 외국인 감독자가 와서 간섭하는 셈이었다. 나름 꾀를 내서 기계 제작회사 감독자인 Mr. Long이 와서 간섭하면, F사 감독자인 Mr. Peter가 'OK' 하였다 하고, Mr. Peter가 와서 간섭하면 Mr.

long이 'OK' 하였다고 하여 이들의 간섭을 많이 피하였다.

내가 담당했던 7번 구역의 작업을 마침내 끝내고, 이제 서울로 가게 되었다고 생각하고 있었는데, 대학 2년 선배였던 강득송 작업소장이 1번 구역을 더 맡으라 하였다. 상급자의 말이라 어쩔 수 없이 1번 구역에서 작업하게 되었다.

그렇게 열심히 작업하고 있는 와중에, Mr. Boder라는 감독자가 와서 작업 진행에 문제가 있다고 잔소리를 하였다. 내가 이론적으로 문제가 없음을 설명하자 그대로 가 버렸다. 그런데 강 소장이 나를 불러 가보니, 이 친구가 내가 자기 말을 무시하였다고 서울로 가서 사장에게 이야기하고 귀국하겠다고 하였단다. 참으로 난처하였다. 그가 서울에 가서 사장님에게 불평을 늘어놓으면 나에게 좋을게 없다고 생각하여, 함께 일하는 사람 중에 미국 유학을 하고 돌아와 영어를 잘하는 기사에게 부탁하기로 하였다. 나하고 함께 그 미국인 감독자에게 가서, "원래 Mr. Lee는 영어가 서툴러 생각과는 반대로 말한 것이다. 당신의 말이 옳은 것이라 인정하고 있다."고 말하여 달라고 한 것이다. 그의 숙소에 같이 가보니 그가 마침 트렁크를 들고 나오는 길이었다. 함께 간 기사가 내가 부탁한 대로 말하자, 그는 즉시 얼굴빛이 달라지며 화색이 돌았다. 우리는 그의 숙소로 돌아가서 맥주를 마시며 화해하였다. 막상 그도 그대로 귀국하면 이로울게 없지 않은가.

또 이런 일도 있었다. 미국인은 사람을 부를 때 검지(둘째 손가락)를 앞으로 꼬부렸다 폈다 하며 부르는데, 한국인은 이럴 때 아주 기분이 나쁜 것이다. 하루는 미국인 감독자 Peter가 검지로 나를 부르며 저장 사일로 상부 바닥에 기계 부속품들이 널려있다는 것이다.

이 사일로의 높이는 30m가 넘어서, 여기에 오르려면 수백 개의 사다리 계단을 밟아 가야 했다. 상부까지 올라가려면 정말로 다리가 아팠다. 특별한 일이 아니면 올라가지 않는다. 나는 기능직 작업자들과 함께 그를 따라 올라갔다. 숨이 찼다. 깔딱 고개가 있다더니 여기가 깔딱 고개와 다름이 없었다.

상부에 올라가 보니 그의 말과는 달리 잘 정리되어 있었다. 아마 그는 정리되기 전에 올라가 본 모양인데, 그 사이 누군가가 올라가 뒷마무리를 했던 모양이었다. 따라 올라간 몇 사람이 불평을 하였는데, 이를 들은 그는 나에게 "저들이 뭐라 말하는 것이냐?"고 물었다. 나도 화가 나서 "너를 밀어 아래로 떨어트려 버려라"고 말하는 것이라 거짓말하였다. 그는 얼굴이 새파랗게 질리며 "I am sorry!"라고 연신 말하였다. 그 후로 훨씬 간섭이 줄어들었다.

1구역을 끝내고 작업소장에게 다시 서울로 간다고 하니, 공사가 지연되고 있는 2구역을 또 맡으란다. 이 구역은 나의 대학 후배 기사들이 담당하였는데, 작업이 지연되어 서울로 늦게 올라가도 별로 상관이 없는 모양이었다. 화가 나지만 신입사원이라 소장의 지시를 피할 방법이 없어 그대로 따르는 수밖에 없었다.

작업 중 한번은 소장에게 "기사들한테 일만 시키지 말고 술도 좀 사라!" 하였다. 산속이라 술집이 없어 제천으로 나가야 했다. 그곳에서 제천까지는 제법 먼 거리여서, 트럭을 동원하여 현장 기사 전원이 작업이 끝난 뒤 제천으로 나갔다. 밤 12시 가까이 되어 돌아오려는데, 소장이 우리끼리 먼저 돌아가란다. 돌아와 다음날에 일하러 가니 소장이 안 보였다. 다음날도, 또 다음날도 마찬가지였다. 당시 시멘트공장 건설의 총책임자는 정주영 사장의 매제인 김영주 씨였다. 직급은 상무였는데, 우리는 그를 왕 상무라 불렀다. 작업소장 건을 보고하니, 왕 상무는 사람들을 제천으로 보내 그를 데리고 오라 명령했다. 알고 보니 작업소장은 한번 술을 마시면 며칠이고 계속 마시는 악습이 있는 것이었다. 부인이 얼마나 속이 썩었을꼬! 그런 남편과 살고 있으니!

하여간에 서울로 빨리 가려고 서둘렀는데, 오히려 나의 일은 점점 늘어났다. 몇 사람의 몫을 더하게 된 것이다. 대신 봉급은 많이 받게 되었다. 이렇게 남보다 많이 일하다 보니, 봉급 산정 시 다른 기사들의 급여가 월 1천 원이 올랐는데, 나는 월 2천 원이 올라갔던 것이다. 이는 노력의 대가라고 하지만, 그러나 내가 열심히 일한 목적은 이 지긋지긋한 현장을 빨리 벗어나고자 한 것이지 봉급을 남보다 더 받고자 한 것은 아니지 않은가. 어쨌든 1·2·7구역의 작업을 다 끝내고 서울로 가기를 요청하였는데, 모든 시설의 공사를 다 마치고 시운전(試運轉)까지 끝날 때까지 기다리라는 것이다. 다른 구간이 모두 끝나려면 아직도 한두 달 더 지나야 했다.

3
정인영 부사장에게 발탁되어 현대양행으로 옮기다

이 무렵 서울 집에서 사무실로 나를 찾는 전화가 왔다. 빨리 집에 오라는 것이다. 집에 무슨 일이 있단다. 둘째 아이가 고열이 나더니 다리가 이상하다는 것이다. 사실 내가 현대건설로 회사를 옮겨야 할지 말아야 할지 궁금하던 차에 집사람이 무속인을 찾아가 물어본 일이 있었다. 옛날부터 점 보러 가는 것은 여자들의 외도라 하지 않는가! 이때 무속인 왈 "직장을 지금 옮기면 월급도 좋고 장래성도 있고 좋은데, 한 가지 후회할 일이 생긴다."라는 것이다. 사실 내가 인천 공작창에 다닐 때 둘째 아이에게 소아마비 예방주사를 맞힌 일이 있는데, 입으로 주사액을 넣는 방식이었다. 그러나 너무 어려서 입으로 먹는 예방약이 제대로 안 들어간 모양이었다. 내 생각에도 제대로 예방되었는지 항상 의문을 지니고 있었다. 그러다 시멘트공장 건설이 너무 힘들고 빨랫감도 밀려있어 집사람에게 한번 다녀가라고 편지한 적이 있었다. 이때 집사람이 둘째 아이를 들쳐업고 왔다 가는 길에 때는 이른 봄이라 찬바람을 쐬어서 감기가 들었다고 한다. 그 후 계속 열이 오르더니 고열이 심하였다는 것이다. 혹시 소아마비가 온 것이 아닌지! 걱정이 태산 같았다.

이때 마침 내가 현대양행 안양공장 건설 담당자로 선택되었다고 하는 말을 들었다. 이전 2구역에서 작업을 하던 어느 날이었다. 한참을 일하고 있는데, 낯모르는 사람이 와서 "여기 이종영 기사가 누구요?" 하였던 적이 있었다. "접니다." 하고 대답하자, 그 사람은 내가 한참 일하는 것을 보다가, 내게는 아무 말 없이 그냥 가버렸다. 나를 지켜보던 그분이 정인영 부사장임을 후에야 알았다. 나는 신입사원이라 그분을 알아보지 못한 것이다. 정인영 부사장이 마땅한 기사를 추천하여 달라고 작업소장에게 말하였는데, 강 소장이 나를 추천하였던 모양이었다. 그래서 정인영 부사장이 2구역에서 작업하고 있던 나를 찾았던 것이었다.

당시 현대건설은 국내 건설 현장이 경쟁이 심하여 해외 건설 사업에도 눈을 돌리는 한편으로 새로운 사업을 찾고 있었다. 이 무렵 한국의 수출액은 연간 2천만 달러에 불과하였는데, 그나마 공산품이 아니라 김·미역·오징어 등 해산물이 주종이었다. 현대건설은 사업부를 국내와 해외 건설로 나누고, 국내는 예비역 준장 출신이었던 조성근 사장이, 해외 건설은 정인영 사장이 담당하는 한편으로 정주영 사장은 회장으로 취임하였다. 정인영 사장은 현대건설의 해외사업을 총괄하는 동시에, 다른 한편 독자적으로 본인의 사업을 겸하여 현대양행(지금의 주식회사 만도의 모체)을 설립하였다. 내수와 수출용 여러 제품생산을 위해 공장을 안양에 짓기로 하고, 이에 필요한 책임자로 나를 발탁하였던 것이었다.

이래저래 빨리 서울에 가야 하는데 시스템 시운전 때까지 기다리라니 참으로 답답하였다. 고민 끝에 나는 중대한 결심을 하였다. 1구역에 석회석을 운반하여 기계에 넣고 "모든 것이 완전하니 시동 스위치를 누르겠다."고 소장에게 말하고, 미국인 감독자들이 점심 식사를 하는 틈을 타서 스위치를 눌렀다. 나의 젊은 혈기가 발동한 것이다. 순간 엄청난 굉음을 울리며 1-2 공구 시설이 움직이는데, 먼지가 하늘을 찌르듯 솟아올랐다. 미국인 감독자들이 식사 중 깜짝 놀라 뛰어 나왔다가, 시설이 문제없이 움직이니 안심하고 되돌아갔다. 그리고나서 소장에게 "집에 일이 있다고 전화가 와서 가야겠다."고 하니, "서울로 가기 위해 쇼하지 말라."고 말하였다. 나는 "차라리 그랬으면 좋겠다." 하고는 역으로 나와 차표를 사서 기차에 올랐다.

  나는 지그시 눈을 감고 지난 3개월에 걸친 지긋지긋한 역경과 고생을 생각하였다. 사표를 내려고도 했고, 미국인 감독자들과 때때로 싸우기도 했으며, 어떻게 하면 맡은 구역의 작업을 빨리 끝낼까 연구도 했었다. 또 어떤 기사는 집에 며칠 다녀오겠다고 휴가를 신청하였으나, 소장과 왕 상무가 불허하자 두말없이 집으로 가버리기도 하였다. 이런 생각 저런 생각하는 동안에 기차는 서울에 도착하였다. 나는 내 직장 생활의 한 단원을 마친 셈이었다.

  집에 돌아와 보니 예상한 대로 아이는 마비가 온 것이었다. 무속인이 말 한대로 후회하는 일이 생긴 것이다. 집사람에게 다녀가라는 말을 안 했으면 좋았을 것을! 그 후로 집사람은 아이를 업고 수원으로, 원주로 매일 기차를 타고 한의원에 침을 맞히러 다녔다. 잘 보는 의사가 있다는 소리를 들으면 어디든 무조건 찾아다녔다. 아이도 몇 시간씩 업혀 다니느라 힘들었겠지만, 아이 엄마도 얼마나 힘들었을까. 집사람은 아이에게 "너는 꼭 의사가 되거라!" 하고 말하면서 아이에게 희망을 주었다고 한다. 넉넉하지 않은 살림이라, 다니면서 매일 값싼 설렁탕만 사 먹어서 그런지 한동안 설렁탕은 아예 물려서 좋아하지 않았다. 생각하면 미안하고 가슴이 아픈 일이다. 서울로 올라온 이후 나는 현대건설 소속에서 현대양행 소속으로 바뀌었고, 정인영 사장과의 본격적인 인연이 시작되었다.

4

현대양행 안양공장 건설 및 가동

당시 현대건설 무역부를 담당한 정인영 사장은 해외에서 얻은 정보를 바탕으로 양식기(洋食器) 제조공장을 건설하기로 결정, 일본인들의 협조로 양식기 제작 기계를 일본에 발주하여 놓은 상태였다. 양식기는 크게 나누어 2분야로 분류할 수 있다. 하나는 테이블웨어(table-ware)라 하여 식사 시 식탁에서 사용하는 스푼·포크·나이프·티스푼·버터나이프 등의 식탁용 식기이고, 다른 하나는 키친웨어(kitchen-ware)라 하여 부엌에서 사용되는 믹싱 볼·키친용 나이프 등 조리용 주방용품이다. 키친웨어를 생산하려면 기계가 큰 것들이 사용되어 시설비가 많이 들고 기술도 필요하였기 때문에, 회사에서는 비교적 시설비가 적게 필요한 테이블웨어 생산을 택하였다.

일본에 니가타 현(縣) 쓰바메 시(市)라고 인구 4만 명 정도의 소도시가 있다. 이곳에서 집집마다 협동하여 양식기를 생산해서 전 세계에 수출하였는데, 그 총액이 약 4억 달러라 하였다. 당시 한국 수출액의 20배를 소도시 하나가 감당하고 있었다. 하나의 업체가 큰 공

현대양행 안양공장
양식기 생산 설비 앞에서

장을 갖고 있는 것이 아니라, 가정집 한 집이 한 공정 두 공정 씩 연
결되어서 제품을 생산하고 있어 모두가 사장이었다. 그 사장들이 수
출조합을 만들어 활동하고 있었는데, 조합 전무이사가 한국계인 히
라야마 씨였다. 정인영 사장은 그를 연결고리로 하여 양식기 생산을
계획하였다. 이리하여 현대양행 안양공장이 탄생하게 되었다. 현대
양행은 경기도 시흥군 안양읍 박달리(현재의 안양시 만안구 박달동)
에 대지 2만 평을 매입하고 여기에 양식기공장을 건설하기로 하였는
데, 내가 이 일을 맡아 시행하는 적임자로 뽑힌 것이다.

이번에는 일이 정말로 즐거웠다. 우선 그 지긋지긋한 공사장에서 벗어났고, 집에서 따뜻한 아침밥을 가족과 함께 먹고 안양으로 출근하는 데다가, 윗사람의 아무런 간섭없이 공장 기계 레이아웃(lay-out)과 필요한 설비의 설계를 진행하고, 그리고 오후 적당한 시간에 퇴근하니 금상첨화가 아니겠는가!

나는 우선 수도시설을 설계하였다. 이때는 안양지역에 상수도 시설이 안 돼 있었던 터라, 지하에서 식용수와 공업용수를 펌프로 퍼올려 약 20m 높이의 고가(高架) 수조를 만들어 저장한 후에, 이 물을 사용하게끔 하였다. 공장건물은 현대건설에서 파견된 기사가 전쟁 중 미군 물자 보관용으로 지은 창고 건물을 해체하여 반입된 목재를 사용하여 지었다. 500평 넓이의 건물을 2동 지었는데 하나는 기계공장, 다른 하나는 가공된 제품을 연마 및 피니싱 하는 공장이었다. 연마 공정은 먼지가 많이 나서 따로 공장을 지어야 했다. 연마 및 피니싱 시설과 제품 단조용 가열로, 포장시설 등도 내가 직접 설계하였다.

공장의 모든 것이 완성될 무렵 사무실 건물과 직원용 사택 3동이 건립되었다. 가끔씩 정주영 회장과 정인영 사장이 오는데, 두 분의 성격이 완전히 다름을 느꼈다. 정주영 회장은 공장 바닥 콘크리트도 얇게 치라 하고 사무실 벽도 시멘트 블록으로 지으라 했는데, 다 초기 투자를 적게 하라는 뜻이었다. 이에 반해 정인영 사장은 가급적 콘크리트 두께를 두껍게 하고 사무실 건물 벽도 시멘트 벽돌을 쓰라 하였다. 정 사장이 한번은 오자마자 큰 해머를 가져오라 하더니, 손에 피를 철철 흘리면서도 바닥 콘크리트와 사무실 벽을 다 부수었다. 다시 시공하라는 것이었다. 건축기사는 어느 분의 말을 따라야 할지 무척 난감하였다. 그래도 그는 현대건설 직원이라 회장님 지시를 따르겠다 하고, 나는 현대양행 소속이라 사장님 지시를 따르겠다 하였다.

그리하여 우리 두 사람이 케이스 바이 케이스로 상의하여 결정하였다.

이때 회사는 기계 시운전(試運轉)과 생산을 위한 기술 지도가 필요하여 일본인 한 사람을 초청하였다. 성이 고지마 씨라는 사람이었다. 이틀간 경복궁과 창경원, 남산 등 관광을 시켜주고, 점심때가 되어 상대가 일본인인지라 서울에서는 유명한 '이학'이라는 서울시청 옆 일식집으로 안내하였다. 우리는 접대하는 여인의 안내로 2층으로 올라갔다. 우선 "맥주 2병과 안주 좀 가져오시오." 하니, 그 여인은 맥주 두 병과 땅콩 안주를 들고 방으로 들어왔다. 그 여인이 부어주는 맥주를 한잔씩 죽 마셨다. 나는 원래 술을 못 마시나, 손님 접대를 위해 그에게 맥주잔을 주면서 다시 한 잔을 권하였다. 몇 잔을 마셨는데, 그가 맥주를 더 가져오라는 것이었다. 옆에서 술을 따르는 여인이 일본어가 능통하였다. 일본인이 단번에 반한 모양이다. 계속 "술 더 갖고 오시오." 하여 또 몇 병 더 마셨다.

내가 "이제 식사합시다." 하고 권하였으나, 그는 막무가내로 술을 더 마시잔다. '뭐 이런 놈이 있어!' 나는 슬그머니 화가 났다. 억지로 참고 술대접을 하는 동안 어느새 해가 뉘엿뉘엿 저물어갔다. 본사 부장에게 보고하니, "우리가 초청한 사람이니 참고 원하는 대로 해주는 것이 좋겠다."라고 하였다. "리 상! 더 마십시다. 당신 회사가 한국에서는 큰 회사라는데 뭐 그리 걱정하시오." 이놈, 나에게 시비조로 말한다. 나는 두서너 글라스로 그쳤지만, 이놈은 끝도 한도 없었다. 참으로 한심한 사람이었다. 이런 사람을 기술 지도로 보내주다니!

점심 식사하러 왔는데 밤 12시가 가까워져 갔다. 자정이 통행금지 시간이었던 시절이었다. "일어납시다. 통행금지 시간이 되어 갑니다." 하니, 이놈이 한술 더 떠서 여기서 자고 가든지 이 아가씨 집으로 가서 자든지 하겠단다. 이 사람 처음부터 수작을 부리려고 계획적으로 술을 마신 것이 아닌가! 또 이 여자도 마찬가지로 처음부터 계획적으로 술을 먹고 두 사람이 서로 척척 죽이 잘 맞은 것이다. 그가 먼저 나가고, 내가 뒤따라 혼자 밖으로 나왔다. 그런데 어라, 무엇 싼 놈이 큰 체한다더니, 도리어 나에게 왜 혼자 나오느냐고 무어라 하는 것이었다. "나 오늘 밤, 아까 그 여자 집에서 자기로 하였다. 택시를 불러라, 같이 이 여인 집으로 가자!" 하여 허둥지둥 택시를 잡아 3명이 함께 남산 아래 일본식 집 앞에 도착하였다. 여기서 두 사람은 내리고, 나는 그 택시로 집으로 와서 겨우 통행금지 시간을 맞출 수가 있었다. 다음날 아침 출근한 뒤 그를 데리러 가니, 그는 또 한술 더 떠서 하는 말이 "어젯밤은 너무 더워서 잠을 제대로 잘 못 잤다."라며, 그 여인 집에 선풍기를 하나 사주란다. 세상에는 별놈 다 있지! 우리는 얼마 후 그를 일본으로 돌려보냈다.

한 번은 인천 부두 창고에서 수입 기계를 통관시키기 위하여 인천으로 가는 길에 한 젊은 청년과 동행한 적이 있었다. 한강 다리를 건널 때, "이 다리, 우리 아버지가 건설한 거야!" 하고, "만일 인천 바닷가에 보일러를 설치하여 소금을 생산하면 어떻겠느냐"는 둥 이상한 말을 하였는데, 나중에 알고 보니 정주영 회장의 장남 몽필 씨였다. 나중의 일이지만, 몽필 씨는 경영 방식 등에서 정 회장의 맘에 들지 못했는지 소원하게 지내다가, 인천제철 사장으로 재직하던 1982년 교통사고로 사망하였다.

일본에서 들여온 기계가 설치되고 모든 시설이 완벽하게 시험이 끝난 뒤, 회사에서는 두 사람을 뽑아 일본으로 훈련을 보냈다. 현대건설 본사에서 공장장이 임명되어 와서 현장에 배속되었고, 기능직 현장 생산 요원들도 새로 모집하여 확충되었다. 나는 시설계장으로 발령받았다. 다른 주요 보직인 생산계장은 나와 서울공대 동기인 금속과 출신, 관리계장은 서울상대 졸업자가 임명되었다. 공장장, 생산계장 그리고 나까지 세 사람 모두 사택 3동에 입주하였다.

일본에 발주한 스테인리스 원자재도 도입되어, 드디어 제품이 생산되기 시작하였다. 이때 다른 곳에도 같은 업종의 공장이 생겼지만, 이곳의 생산품은 내수용이 아니어서 서로 경쟁하지는 않았다. 생산 제품이 나왔는데, 어느 정도 품질이 되어야 합격품으로 판정할지가 문제였다. 기능상으로는 문제가 없었지만, 미관상으로 일본산 제품은 모서리 각이 살아있으나 우리 제품은 두리뭉실한 것이 마음에 걸렸다. 일본으로부터 전문가를 초빙하여 판단을 받아 보니, 좀 미흡하지만 그대로 포장, 선적하여도 된다고 하였다. 마침 영국에서 4만 달러 상당 금액의 주문이 왔다. 한 개씩 비닐봉지에 싸서 한 다스 12개씩 묶은 뒤, 목재 상자에 약 100다스를 넣어 부산으로 발송하였다.

다음날 아침에 출근해 보니 큰 문제가 생겼다. 부산으로 발송한 첫 선적분이 바다에 빠졌다는 것이다. 당시 부산항구는 부두가 축조되지 않아서, 외국으로 항해하는 큰 화물선은 먼 바다에 정박하고 있었다. 그리하여 수출할 제품을 작은 배에 선적한 뒤, 먼 바다로 나가 화물선에 옮겨 실어야 했다. 그런데 먼 바다로 가던 작은 배가 전복되었다는 것이다. 실려 있던 제품은 즉시로 건져 올려 안양공장으로 반송되어왔다. 제품의 포장을 풀어서 물로 세척하였는데, 이상하게도 제품 표면에 많은 반점이 생겨 상품으로서의 가치가 없어지게 되었다. 스테인리스 제품이라 물로 세척하면 완전히 원상태로 돌아가리라고 여겼는데, 표면에 하얀 반점이 생기니 참으로 불가사의한 일이었다. 책을 여기저기 찾아본 끝에 원인을 알아냈다. 스테인리스라도 공기와 차단된 상태로 오염된 해수에 접하면 반점이 생긴다는 것이었다. 우리가 선적한 제품이 비닐에 싸여 있어 공기와 차단된 채로, 오염된 부산항구 해수에 접하자 표면이 부식되었던 것이었다. 우리는 아깝지만 침수된 제품을 폐기하고, 새로이 제품을 생산하여 부산으로 발송하였다.

우여곡절 끝에 영국으로 수출된 제품에 또 다른 문제가 발생하였다. 이번에는 제품을 인수받은 바이어(buyer)에게서 나왔다. 그의 주장은, 제품을 포장한 상자가 파괴된 데다가, 상자에 들어있는 제품의 수량도 부족하다는 것이었다. 그는 물품대 전부를 지불할 수 없다며, 가격의 1할을 디스카운트해 줄 것을 요구하였다. 우리로서는 그의 요구대로 감액조치할 수밖에 없었다. 그 후에도 몇 번 이런 일이 되풀이되어, 우리는 이 바이어를 "일할 장사꾼"이라 이름지어 불렀다.

당시 생산한 제품과 관련해서는 이런 일화도 있었다. 정인영 사장이 해외에서 일을 마치고 비행기로 돌아오는 중이었는데, 옆자리에 잘 아는 미국인이 앉아 있었다고 한다. 마침 비행기 좌석 앞 식판에 우리 회사 제품이 놓여 있었다. 우리의 제품의 상표는 "atlas"로, 제품마다 영어로 상표가 찍혀 있었으므로 우리 제품인지를 알았다는 것이다. 그런데 식탁에 있던 같은 종류의 나이프가 3개가 조금씩 길이가 달랐다고 한다. 같은 금형을 사용하여 생산하였으면 길이와 모양이 같아야 하지 않는가. 그 미국인이 사장님에게 웃으며 왜 길이가 다르냐고 물어왔다. 사장님 왈, "그들은 3형제라 그렇다"라고 대답하니, 둘이 한바탕 크게 웃었다고 한다. "나이프 3형제"라니, 정 사장의 기지에 찬 대답이었지만, 지금 와서 생각해 보면 멋쩍은 이야기다.

파독 광부와 간호사들이 산업화에 미친 영향

우리가 현대양행 안양공장을 건설하고 운영하기 시작한 해인 1963년에 정부는 독일에 파견할 광부를 모집하고 있었다. 당시 젊은 이들은 대학을 졸업하고 취직을 하여야 하는데 갈 곳이 없었다. 제기랄! 시골서 부모가 소 팔고 땅 팔아서 대학 공부를 시켜주었는데 돈벌어 잘살고 또 부모에게도 갚아야 하지 않는가 말이다. 그런데 막상 졸업장을 쥐고 나니 갈 곳이 없네. 참으로 답답한 일이었다.

그러던 중 정부에서 파독 광부를 모집한다는 것이다. 나라에서 기계도 구입하고 공장도 지어야 하고 기술 훈련도 보내고 하여 산업을 촉진하여야 하는데, 그러기 위해서는 막대한 외화가 필요했다. 수출해서 외화를 획득하여야 하나 당시의 수출액은 기껏 몇 천만 달러에 불과하였다. 어쩔 수 없이 외국에서 돈을 빌려야 하는데 그게 그리 쉬운가! 우리가 은행에 돈을 빌려달라면 "어서 오십쇼, 여기 돈이 있습니다." 하고 선뜻 내주는 은행은 어디에도 없다. 돈에 관한 한 개인도 국가도 마찬가지로 똑같다. 하물며 국제관계에서랴! 어느 나라도 우리나라에 돈을 꿔주는 곳이 없었다. 정부는 독일에 가서 차관을 요청하였으나, 쉽게 응할 리가 없었다. 그들이 보기에 우리나라의 재정이 튼튼하여 신용도가 높은 것도 아니었고, 담보로 맡길 만큼 지하자원이 많은 것도 아니었다. 있다면 사람밖에 없었다.

한편 독일은 2차대전 패전 후 20여 년이 지나면서 모든 것이 회복되어 가고 있었다. 이 과정에서 많은 전력 에너지가 필요했는데, 수력 발전도 충분하지 아니하고 석유 가스도 충분하지 않으며 이때는 원자력 에너지도 크게 발달하지 않은 시대라, 석탄이 많이 생산되어야 하였다. 그러나 석탄 채굴은 위험하고 힘든 일이라 독일인들이 선호하는 직업이 아니었다. 그러므로 외국인 노동자를 고용하여 채굴하고자 함이 큰 희망인데, 마침 한국에서 석탄 채굴 노동자를 파견할 수 있다고 하여 서로 궁합이 맞은 것이다.

독일로 석탄을 채굴하러 갔던 이들은 대부분 한국에서 궂은일을 하지 않고 공부만 했던 사람들이었다. 지하 1,000m나 되는 막장에서 고열을 견뎌 가며 노동하니 그 고생이 어떠했겠는가! 오죽하면 박정희 대통령이 독일을 방문해서 그들을 만날 때 서로 붙들고 눈물을 흘렸겠는가!

그 후 간호사도 파견되어 병원에서 갖은 궂은일을 도맡아 하였다. 이들을 매개로 독일로부터 차관을 얻을 수 있었으며, 또한 그들이 힘들게 벌어 국내로 보낸 봉급은 우리나라의 외화 획득에 크게 공헌하였다. 파독 광부와 간호사들이야말로 한국 산업화에 크게 기여한 역군이요, 영웅들이다.

5

생애 처음 해외로 출장(견학 여행)을 가다

입사한 지 1년가량 지났을 때, 현대양행의 계장은 과장으로, 사원
은 계장으로 일괄 승진하였다. '월급쟁이는 승진하는 맛으로 다니
지.' 나도 시설과장으로 승진하였다. 나와 생산과장은 1965년 처음
으로 일본에 있는 여러 공장을 견학할 목적으로 출장 여행을 가게
되었다. 이때는 패스포트가 단수(1회에 한정하여 외국 여행을 할 수
있는 여권. 유효기간 만료일까지 횟수 제한 없이 외국 여행을 할 수
있는 것은 복수여권이다)로 발급되었는데, 목적지를 일본으로 하면
비자가 잘 안 나오기 때문에 목적지를 홍콩으로, 경유지를 일본으로
하여 약 2주간을 일본에서 체류할 수 있었다.

난생처음 비행기를 타고, 역시 처음으로 일본 구경을 하게 되었다.
김포공항에서 비행기에 오르고 난 후 약 3시간을 비행한 끝에 하네
다 공항에 내리니 너무나 화려하여 눈부실 지경이었다. 여기저기서
네온사인이 반짝이며 도쿄 시내로 들어가는데 도로도 잘 포장되어
있고, 가정집들도 초가집이 아니라 2층 3층 양옥집이 즐비하여 한국

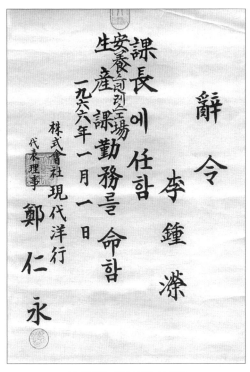

辭 令

課 長 에 任함

李 鍾 滐

安養스司렌스工場
生産 課 勤務를 命함

一九六八年一月一日

株式會社 現代洋行

代表理事

鄭 仁 永

현대양행 과장 발령 사령증

과는 너무나 달라서 꿈과 같음을 느꼈다. 도로에는 승용차들이 분주하게 질주하며 골목마다 좌우로 주차장 표시가 되어 있고 주차구역마다 차들이 질서 있게 주차되어 있었다. 오늘날의 한국 사정과 유사하였다. 공항에 도착하여 출구로 나오자 생산과장의 당숙이 차를 갖고 나와 우리를 픽업하여 주었다. 이때 현대그룹에는 아직 도쿄 사무소가 개설되지 않았으며, 홍콩에만 직원 한 사람이 주재하고 있었다. 당시 생산과장은 당숙 여러 형제가 일본에 거주하고 있었는데, 작은 분이 우리를 맞이하였다. 그분은 차내에서 주로 재일 조선인에 관련된 여러 이야기를 하여 주었다. 도쿄 시내에 도착하니 마중 나

현대양행 시절 일본 출장시 사진

온 생산과장의 큰 당숙이 조카에게 10만 엔을 주고 갔다.

다음날 도쿄 시내 관광을 하기 전 우선 면세점에 들러서 나는 간단한 카메라를 샀다. 사장님이 출국 전 우리에게 일본에 가면 필요하니 카메라를 하나씩 사라고 말해주었기 때문이었다. 그런데 같이 간 생산과장 이 친구, 카메라는 안 사고 카메라 카탈로그만 갖고 왔다. 밤에 몇 시간 하나하나 자세히 읽어보고 다음날 다시 그 면세점에 가서 줌이 달린 카메라와 삼각대, 카메라 가방까지 사니 한 보따리가 되었다. 물론 나보다 돈이 더 있어서 그랬겠지만, 나와는 성격도 많이 달랐다.

우리 두 사람은 다음날 니가타 현 쓰바메 시로 가서 테이블웨어 공장들을 견학하였다. 어떤 곳은 사진 촬영을 금지하고, 또 어떤 공장은 사진 촬영을 허용하기도 하였다. 그런데 이때부터 문제가 발생하였다. 찰칵, 손에 들고 있는 카메라로 사진을 빠르게 찍어야 하는데, 이 친구 가방에서 꺼내자니 삼각대가 거추장스럽고 줌을 빼려 하니 시간이 걸렸다. 나는 벌써 공장 다 돌았는데 그는 한 컷도 촬영을 못 하고 그대로 나왔다. 다른 공장에서도 같은 일이 반복되었다. 그때부터 그의 카메라는 짐이 되어버렸다. 일본에서 공장들을 견학하고 홍콩으로 가는데, 카메라가 트렁크에 들어가지 않아 들고 가려니 얼마나 불편하였던가. 결국 그는 카메라를 들고 홍콩의 상점으로 가서 되팔아버리려 하였다. 그러나 샀던 값의 반도 안 준다고 하니, 도로 들고 나왔다. 이러지도 저러지도 못하며 고민하는 것이 참으로 안쓰러웠다.

다음날 홍콩 주재원의 안내로 홍콩 시내를 관광하였다. 한국에서는 물론 일본에서도 보지 못한 고층아파트가 40층은 보통이고, 그 이상의 고층아파트로 빌딩 숲을 이루고 있는 것이 인상적이었다. 또한 2층 버스, 그리고 한국에서는 특수층만 타고 있는 벤츠 차가 일반택시로 질주하는 것도 신기하였다. 배를 타고 섬에도 가보았다. 부유층들이 많이 살고 있었다. 2층 버스의 맨 앞자리에 앉았는데, 어여쁜 아가씨가 내 옆자리에 앉기에 영어로 말하니 말이 통하지 않았다. 한문을 써서 보이니 대충 이해하는 것 같았다. 우리는 버스로 관광하는 동안 계속 한문 문자를 주고받으며 이야기하였다. 내가 어릴 때 글방 선생님에게 배운 덕을 톡톡히 보았다. 초등학교 시절 8.15 해방이 되었는데, 1년간 한문 선생님으로부터 천자문·계몽편·명심보감·맹자를 배운 뒤 중학교 입학을 하니, 친구들이 모두 나를 한문박사라는 별명으로 불렀다.

이틀간의 홍콩 관광을 마치고 다시 도쿄로 왔다. 도쿄 북쪽에 있는 닛코(日光) 관광을 한 뒤, 니가타 현 쓰바메 시로 가서 키친웨어(부

엄용품) 증설에 필요한 대형 유압기계 제작공장을 방문하였다. 그런데 여기서 일본의 경이로운 풍습을 발견하였다. 공장 사장이 자기 형수와 결혼하여 산단다. 오늘날의 한국에서는 상상하기 어려운 일이었다. 이야기인즉 그에게는 이미 결혼하여 어린 자식도 있는 형이 있었는데, 형제가 같이 차를 몰고 가다 교통사고가 나서 형은 사망하고 본인은 얼굴과 목을 다쳐 몇 달 입원한 후 겨우 살아났다고 한다. 그 후 미혼 상태였던 자기는 형수와 결혼하고 아이는 본인 호적에 입적하였다는 것이다. 나는 히라야마라는 재일교포에게 이상한 풍속도 있다고 말한즉, 그는 그것이 오히려 합리적이지 않은가 하고 나에게 반문하였다. "형수와 아이는 한 가족인데 그대로 놔두면 두 사람은 불행한 존재가 되지 않나요? 형수와 결혼하면 모두 행복을 이어갈 수 있지요." 들으니 일리가 있기도 하군!

다시 도쿄로 돌아와, 생산과장 당숙의 안내를 받아 필요한 책을 사러 서적 상가 거리에 있는 큰 서점으로 들어갔다. 나는 한 바퀴 휙 돌며 눈에 띄는 대로 몇 권 사서 들고 생산과장 당숙 옆으로 왔다. 한참을 기다려도 생산과장이 나오지 않길래 들어가 보니, 이 친구 또 책 카탈로그를 들고 목록을 찾아 고르고 있었다. 한 시간을 기다려도 안 나온다. 그의 당숙도 화가 났다. 그분은 "우리 집안 어디서 저런 놈이 태어났어!"라며 큰소리로 불평하였다.

다음날 아침 7시에 귀국하기 위하여 로비에서 체크아웃을 끝낸 뒤 로비에서 이 친구 나오기를 기다리는데 한참 기다려도 나오지 않는다. 답답하여 다시 그 친구 룸에 가보니 호텔에서 저울을 빌려서 소지품을 계량하고 있었다. 비행기에는 탑승 시 1인당 소지하는 수화물의 하중이 정해져 있는데, 이 친구 전날 책을 많이 사서 하중이 오버되는 모양이었다. 이렇게도 해보고 이 책을 뺐다 저 책을 뺐다 계속 계량하고 있었다. 나도 화가 나서 나 먼저 공항에 가겠다고 하였다. 그 과장이 "좀 기다려, 좀 기다려" 하며 계속 지체하다 겨우 비행기 출발 시간을 맞출 수가 있었다. 이런 친구의 성격을 심리학에서는 무어라 하는지 궁금하다. 서울에서 도쿄 사이를 비행할 때 가는 시간보다 돌아오는 시간이 길게 걸렸다. 이는 기류의 흐름 때문이란다.

나는 귀국하여 정 사장께 인사하고 약간의 남은 돈을 반환하니 그대로 사용하라 하셨다. 이것이 사장에게 깊은 인상을 남겼는지, 이후 정 사장은 전적으로 나를 신임하였다. 당시의 여권은 위에서 말한 대로 단수여권과 복수여권이 있었는데, 복수여권은 몇 년간 몇 번이고 사용하여도 되는 것이다. 그 시절 외화가 없었기 때문에 외국에 일없이 가지 말라 하여, 정부가 지정하는 수출액 달성률에 따라 회사에 따라 허용되는 복수여권 수가 달랐다. 그래서 현대그룹에서도 복수여권은 최고위층 몇 분만 갖고 있었는데, 정 사장이 나에게 복수여권을 내주면서 필요하면 언제든지 외국에 나가서 일 보라는 것이다.

정 사장은 해외 건설을 총괄하고 있었기에 국내의 공장 관계 업무는 나에게 일임하였다. 나는 키친웨어 시설의 수와 용량 등을 세밀하게 검토하였다. 항상 고객들은 좋은 물건을 원하지만, 동시에 가격이 낮고 납기가 빠른 것을 원한다. 그러므로 생산자는 품질을 좋게 하는 동시에 생산능률을 최대로 올리는 것이 기업이익 창출에 기본이 되는 것이다. 나는 곧바로(1966년) 생산과장이 되었으며 기존의 생산과장은 품질관리과장으로 임무가 변경되었다. 얼마 안 지나서 부장으로 승진하였으며, 이어 부공장장이 되었다. 공장장은 정 사장 처가 친척으로 바뀌었다.

6

키친웨어 생산시설을 증설하고, 30대 중반에 이사로 승진하다

일본 니가타 현 쓰바메 시는 테이블웨어 생산 중심지인 동시에, 키친웨어 생산 중심지이기도 하였다. 나는 그해 다시 일본으로 출국, 여러 공장을 방문하여 생산시설과 생산기계 금형 등을 자세히 관찰하였다. 이는 우리가 구매코자 하는 기계 제작회사 사장의 안내로 여러 공장의 견학이 가능하였던 것이다. 500톤의 유압프레스와 부속 기계들을 구매 계약하고 귀국하였다. 얼마 후 우리가 구매한 기계들이 도착하였고, 공장 내에 이미 설치된 기계들을 재정비하여 생산 준비가 완료되었다. 키친웨어 재료는 스테인리스강(stainless鋼)이었는데, 국내 생산이 안 되어 일본으로부터 수입하였다. 우선 믹싱볼(mixing bowl:요리용 거품을 일으킬 때 쓰는 그릇)부터 시작, 몇 번의 실패를 겪고 나서 완제품을 생산하였다.

다음으로 여러 종류의 냄비를 생산하고 밥그릇을 생산하여 시판하였다. 밥그릇 뚜껑에 무늬를 넣으면 더 아름다웠으나, 우리에게는

현대양행 안양공장 시무식(왼쪽 두 번째, 맨 오른쪽 정인영 사장)

그 기술이 없었다. 이는 뚜껑 표면에 여러 글자나 그림을 그려 부식 (腐蝕)시키는 방법인데, 일본 재일교포 중에 이 기술을 사용하여 밥 그릇을 만들어 판매하는 사람이 있었다. 나는 즉시 일본 쓰바메 시로 건너가서 관련 기술을 보유하고 있는 회사를 찾아갔다. 회사라야 가내공업 수준이었다. 약간의 선물을 사서 사장에게 드리고 기술을 좀 가르쳐 달라고 부탁하니 거절하였다. 그러면 생산하는 곳에 구경이라도 하자고 하였으나 끝내 그것도 안된다고 하였다. 하도 내가 부탁을 하니, 그는 중학교 3, 4학년들이 배우는 화학 교과서를 나에게 보여주며, 몇 페이지에 있는 것을 자세히 읽어보면 알 것이라고만 하였다. 귀국하여 화공과 출신 기사에게 이야기하고 연구하여 보라고 하였다. 얼마 후 다행히 그 기술을 터득하여 국내에서는 처음으로 그런 그릇을 생산하여 판매할 수 있었다.

다시 또 몇 달 후 나는 이사로 승진하면서 공장장으로 임명되었다. 내 나이 30대 중반에, 입사 5년도 안 되어 초고속 승진이 된 것이다. 나중에 현대그룹 관계자에게 들은 이야기로는, 내가 범(汎) 현대그룹 내에서 평사원으로 입사하여 임원(이사)으로 승진한 최초의 사례일 것이라고 하였다. 오늘날의 직장인으로서는 사실 이런 초고속 승진은 있기 어려운 일이다. 당시 현대가 회사 초창기였던 사정과, 현대양행의 인사가 정인영 사장의 전권으로 이루어져서 가능한 일이었다. 능력이 있으면 고위직으로 발탁하는 것을 주저하지 않았던 정 사장의 인사 스타일, 나에 대한 사장의 개인적인 신뢰도 작용하였으리라.

이렇게 지내는 와중에 공장 내에서 큰 사고가 일어났다. 유압프레스 작업자가 부주의로 손목이 잘려 나간 것이다. 그는 입사 후 얼마되지 않아 숙련되지 않은 사람이었다. 현재 같으면 여러 가지 안전 보호 장치가 있겠지마는, 당시는 그런 장치가 마련되지 않은 시절이었다. 즉시 병원에 이송하고 치료하였으며, 본사에서 담당자가 내려와 일단 피해자와 보상 문제를 합의 처리하였다. 참으로 개인적으로 안타깝고 미안하였다. 인간의 불행은 순간적으로 일어난다. 본인으로 본다면, 평생동안 장애인으로 살아야 하니 얼마나 괴롭겠는가. 이것을 운명으로 돌려야 하나! 그러나 나로서는 어찌할 방도가 없지 않은가! 그저 안쓰럽고 죄송할 뿐이지. 더구나 그는 나의 고향 여주 인접 군 출신의 사람이었다.

며칠 후 갑자기 선글라스 안경을 쓴 건장한 사람이 젊은 청년 2, 3인을 대동하고 사무실을 찾아와 공장장인 나를 면회하려 한단다. 마주 대하니 대뜸 명함을 보여주는데, 당시 권력이 하늘을 찌르던 경호실장 차지철 씨의 보좌관이란다. 처음부터 나에게 겁을 주려는 것인지. 지난날의 사고는 일단 합의가 되었으나, 피해자와 동향이었던 차지철 씨의 보좌관이 이를 알고 위세도 부릴 겸, 피해자에게 도움도 줄 겸, 나에게 찾아온 것이다. 이야기 끝에 그 보좌관이 나와 같은 여주군 대신면 출신이며, 소학교 새카만 후배임을 알았다. 그의 부친은 면사무소 옆에서 약국을 하는 사람으로 나도 잘 아는 분이었다. "여보시오, 당신 아버지를 나도 잘 알아요." 하니 이 친구 머쓱해하면서 "죄송합니다." 하고 그냥 돌아갔다.

당시 공장에 사무실 외에 2층짜리 식당 건물을 건축하였는데, 2층에 넓은 여유 공간이 있었다. 나는 직원들의 영어 실력 향상을 위하여, 미국인을 강사로 고용하여 직원들이 퇴근 후에 강의를 듣도록 하였다. 그런데 이 친구, 입고 있는 코트를 매일 다른 곳에 걸어 두고 강의실로 오는 것이었다. 강의실에도 옷걸이가 있음에도 불구하고 옷을 다른 곳에 걸어 두는 것을 이상히 여겨 이유를 물어보니, 2층 강의실로 올라오려면 식당을 거쳐야 하는데, 식당을 통과하는 동안 옷에 김치 냄새가 묻어 그런다는 것이다. 그의 부인이 아주 예민하게 느끼는 모양이었다. 김치 냄새가 그렇게 싫은지, 그렇게도 지독하게 느껴지는지 궁금하였던 기억이 난다.

이 무렵 어느 오후 퇴근 시간에 공장 입구 정문에 몇 사람이 모여 무언가 이야기하고 있길래 느낌이 이상하여 직원을 불러 알아보라 하였다. 알아보니, 영등포에 있는 금속노조 조합원들 서너 명이 와서 안양공장 직원들에게 노동조합을 결성하자고 권유하고 있다는 것이었다. 당시에 노동조합이란 일반 개인 회사에서는 거의 조직한 예가 많지 않았다. 내 경험상으로도 과거 교통부 철도국에 근무할 때 관리직 한 사람이 한국노총에 가입, 인천공작창에서 노동조합 운동을 한다는 이야기는 들은 적이 있었다. 시골에서 올라온 청년들이 일할 곳이 없어 헤매는 시절에, 노동운동을 한다는 것은 나로서는 상상하기 힘든 일이었다. 만일 현대양행 안양공장에 노동조합이 생긴다면 어떤 일이 일어났을까. 우선 내가 회사로부터 책임자로서 추궁을 당하고 물러나야 되겠지! 여하간 나로서는 그리 반가운 일은 아니었다.

　상황을 계속 알아보니, 금속노조 조합원들은 다음날 아침에 다시 공장으로 와서 회사 현장 간부들과 의논하기로 하였단다. 예전에 일본에 갔을 때 사무실 직원들이 머리에 붉은 띠를 두르고 월급 몇% 인상이라느니, 몇 시에 어디에서 모이자느니 하는 것을 본 일이 있었다. 그러나 한국에서는 노동조합은 시기상조라고 생각하였다. 다음날 아침 본사와 의논하여, 현장 조장급 이상 간부들을 데리고 관악산 삼막사에 모여 오락을 즐기며 회식을 하였다. 노조 사람들과 접촉하지 못하게 하기 위해서였다. 지금 같으면 별로 자랑스러운 일이 아니지. 어쨌든 이렇게 일단락 짓고 회사는 평온하였다.

국군의 베트남전 파병이 산업화에 미친 영향

1964년 하반기에 대한민국 국군이 베트남전에 참전하였다. 당시 베트남 북부는 호찌민(胡志明)이, 남부는 고 딘 디엠(정확한 발음으로는 '응 오딘 지엠'이라고 하는데 그 당시에는 모두 이렇게 발음하였다.) 대통령이 지배하고 있었으며 치열하게 전투 중이었다. 우리 정부는 파병을 결정, 야당이 극렬히 반대하였으나 결국 국군 파병안을 국회에서 통과시켰다. 참전한 군인이 귀국할 때 냉장고를 하나씩 가지고 올 수 있었는데, 이 분들이 가져온 냉장고를 산 일이 있다.

나는 여기서 월남 참전이 정치적, 혹은 군사적으로 어떤 손익이 있었는지를 논하고자 하는 것이 아니라, 다만 우리나라 산업화에 어떤 영향을 끼쳤는가를 살펴보고자 한다. 파병을 하게 되면 후속 조치로 자연히 민간기업이 따라가게 된다. 여러 기업이 베트남으로 진출했지만, 가장 활발하게 움직인 회사로는 현대그룹과 대한항공을 꼽을 수가 있다. 현대건설은 항만 준설사업과 군복 세탁사업을 시행하였으며, 대한항공은 운수사업을 많이 하였다고 한다.전쟁 중이라 사고만 없다면 위험수당도 얻을 수 있으니 기업들은 평화 시에 활동하는 것보다 훨씬 큰 이익을 보장받을 수 있었다.

그렇지만 그것보다도 우리나라가 올린 더 큰 이익은 국민이 깨어나는 기회를 얻은 것이다. 조선왕조 오백 년 동안 우리나라는 중국을 섬겨왔다. 중국을 대국이라 부르며 스스로 소국이라 평하고 대국이 시키는 대로 모든 일을 해 왔다. 일제 때도 그랬다. 그런 관습이 오래 지속되다 보니 우리 스스로가 갖고 있는 잠재력을 모른 채 살아왔다. 8.15 해방 이후 우리는 스스로를 엽전이라 불렀다. 「엽전 열닷냥」이라는 노래도 있었다. 무엇을 하려 하면 "엽전이 그것을 할 수 있어?" 하고, 일이 실패하면 "엽전이 별 수 있어?" 하였다. 오직 대국에만 모든 것을 의지하는 경우가 많았다.

그러나 막상 베트남에 가서 여러 나라 사람들을 대하다 보니, 특히 "문명국, 선진국이라는 곳의 사람들도 별 것이 아니구나. 나도 할 수 있어!" 하는 용기가 생긴 것이다. "생산도 할 수 있어! 수출도 할 수 있어! 네가 하는 것은 무엇이든 나도 할 수 있어!" 즉 자아발견인 것이다. 이 정신이 산업화의 원동력이 된 것이다. 우리 현대양행도 어디를 가나 "위 아 '캔 두 캠퍼니'(we are 'can do company')"라 하고 다녔다. 캔 두(can do)가 맨 두(man do)로, 그래서 뒷날 정인영 회장이 현대그룹에서 떨어져 나와 세운 기업 이름을 만도그룹으로 한 것이 아닐까. 아, 위대한 자기 발견! 그것이 약자를 강자로, 또한 산업화로 오늘의 대한민국을 이룬 것이다. 세계 어디를 가도 무서운 줄 모르고 덤벼드는 한국인을 만든 것이다.

7

현대양행 군포 주물공장을 건설, 크레인을 생산하다

현대양행은 안양공장에 이어 군포에 제2공장을 건설하기로 하였다. 논 7만 평을 사서 불도저가 와서 밀어대자 순식간에 공장 대지가 만들어졌다. 나는 즉시 일본으로 건너가서 시간당 3톤의 용해로(溶解爐:금속 따위의 고체 재료를 녹는 점 이상으로 가열하여 액체 상태를 만드는 가마)와 주변기기를 계약하고 돌아왔다. 주물 제품은 기계 가공용 소재였다. 공장이 완성되자 현대시멘트 공장에 석회석 분쇄용 해머를 제작하여 납품하였다. 이후 교량에 들어가는 각종 주강(鑄鋼:정련한 탄소강이나 합금강을 거푸집에 넣어 주조한 후, 열처리를 하여 재질을 개량한 강철) 제품을 제작하여 현대건설에 납품하였다. 나는 안양공장과 군포공장을 겸임 관리하였으며, 상무이사로 승진도 하였다.

우리는 회사 고유 제품을 생산하기 위하여 품목을 찾던 중, 크레인을 생산하기로 하였다. 이때 미국 내에는 크레인을 생산하는 곳으로 P&H 사와 매니토바 사가 있었지만, 회사에서는 아메리칸 호이스

현대양행 시절 미국 출장시 찍은 사진

트 & 데릭(American Hoist & Derrick) 회사와 기술 제휴하기로 결정하였다. 나는 아메리칸 호이스트 사와 기술 제휴를 협의하기 위하여 미국 샌프란시스코로 떠났다. 샌프란시스코에는 현대그룹 지점이 있었으며, 여기에 현대양행 부장 한 명(이병재 씨)이 주재하고 있었다. 샌프란시스코 공항에 도착하니 현대양행 부장과 정주영 회장의 장남인 몽필 씨가 차를 갖고 나와 나를 픽업하여 주었다.

차내에서 이런저런 이야기를 하는 도중 갑자기 몽필 씨가 나에게 골프 칠 줄 아느냐고 물었다. 나는 잘 못 친다고 대답하였다. 여기에서 큰 문제가 생겼다. 아주 못 친다고 하여야 했는데 잘 못 친다고 대답한 것이다. "잘 못 친다"와 "아주 못 친다" 사이에는 엄청난 차이가 있는 것이다. 몽필 씨 왈 "나도 잘 못 친다"고 하였다. 내가 "내일부터 업무가 있다."고 하니, 그는 "내일은 토요일이라 휴일"이라며 필요한 골프 용구를 모두 준비해서 아침 일찍 호텔로 오겠단다. 나는 그때까지 골프치는 구경도 한 적이 없었지만, '에라, 골프공도 공이니 때리면 나가겠지.' 이렇게 간단하게 생각하였던 것이다.

다음날 아침 일찍 몽필 씨는 일체 준비를 하고 현대자동차에서 파견된 대리 한 사람을 데리고 호텔로 왔다. 우리 세 사람은 차를 타고 그 유명한 금문교 다리를 지나 골프장에 도착하였다. 그곳에서는 두 명이 우리를 기다리고 있었는데, 한 사람은 샌프란시스코의 한국영사관에 근무하는 영사이고, 다른 한 사람은 이와이 산업이라는 일본 회사의 주재원이었다. 옷을 갈아입고 첫 번째 홀로 갔다. 내가 손님이니 대접으로 먼저 치란다. 나는 드라이버로 도끼 자루 쥐고 장작 패듯 골프공을 후려쳤다. '제 놈이 나가겠지.' 다음에 벌어진 일은 읽는 분들의 상상에 맡긴다.

몽필 씨는 그런 나를 보더니, "뒤 따라오세요."라고 하였다. 자동차 대리와 골프카를 타고 뒤따라가는데 '골프채의 수가 왜 이리 많을까?' '어라! 길이가 모두 다르네,' 사실 당시에 현대양행 중역은 아무도 골프를 치는 사람이 없었다. 예전에 정 사장은 나더러 골프를 배워보라 하였다. 그러면서 또 이런 말도 하였다. 미국 어느 회사 사장이 골프 시합에 나가서 우승하고 돌아왔다. 다음날 트로피를 들고 회장실에 들어가 자랑삼아 "제가 어제 골프 시합에 나가 우승하였습니다." 하니 회장 왈, "축하합니다. 내일부터 회사에 안 나오셔도 됩니다." 하고 말하였다 한다. "회사 그만두시라"는 신호였다. 가끔씩 이런 이야기를 하니 어느 누가 감히 골프를 치겠는가? 짤리려고! 그날 골프가 끝나고 시내로 돌아와 함께 저녁 식사를 하면서 골프 파트너가 나를 위로하니, 참으로 부끄러움이 얼굴색을 변하게 하였다. 이 일이 첫 번째 망신살이었다.

다음날 나는 샌프란시스코 주재 부장과 함께 미네소타주 미니애폴리스 쎄인트폴 시내 호텔에서 유숙하였다. 월요일 아침에 아메리칸 호이스트 사에서 보내 준 차로 회사를 방문하였다. 공장장과 기술제휴 담당 2인이 나와 인사를 나누었다. 기술 담당자는 폭스(Fox)라는 이름으로, 변호사였다. 이 회사가 미리 만들어 놓은 제휴 원문을 갖고 한 구절 한 구절 심의하여 나갔다. 별 문제 없이 잘 진행되다가, 마지막에 문제가 발생하였다. 마지막 항의 디폴트(default), 즉 현대가 계약을 불이행하게 되면 '유사한(similar)' 종류의 기계를 앞으로 5년간 생산할 수 없다는 조항이었다. 이는 상호 의견이 맞지 않아 계약이 해지될 때 현대는 다른 회사와 유사한 제품을 계약하여 생산하면 안 된다는 것이다. 우리로서는 받아들이기 어려운 조항이었다. 이 조항대로라면 우리는 크레인 제작 사업을 못하게 된다. 그리하여 우리는 '유사한(similar)' 문구 대신 '똑같은(same)'으로 바꾸자고 요구하였다. 이 문구로 바꾼다면 반대로 상대 회사가 불리한 조항이 된다. 폭스 변호사는 절대로 안 된다고 거절하였다. 상호 평행선을 달리며 주장하다 회의는 결국 중단되었다.

우리는 귀국하겠다고 인사하고 그들과 헤어졌다. 동행한 부장과 나는 샌프란시스코 사무실로 돌아왔다. 다음날부터 나와 부장은 제휴 계약 건 이외의 영업활동을 시작하였다. 현대양행 안양공장은 철판으로 된 자동차용 후면 범퍼를 미국에 수출하고 있었다. 미국인은 많은 사람들이 강이나 호수나 바다에서 레크레이션 용으로 즐기는 보트를 갖고 있었다. 이 보트를 운반하기 위하여 승용차 뒤에 트레일러를 끌고 다닌다. 또한 약간의 가벼운 화물을 운반한다든가, 캠핑 밴을 사용할 때 이를 끌기 위하여 승용차 후면에 연결이 쉽고 튼튼한 철제 후면 범퍼를 사용하였다. 이를 수출한 경험이 있던 우리는 수출 물량 확대를 위하여 샌프란시스코 근처에 있는 관련 회사를 방문할 계획을 세웠다.

다음날 그 회사를 정식으로 방문하기 전에 탐색차 주재 부장과 나는 차를 타고 회사 문전까지 가보기로 하였다. 지금 같으면 내비게이션이 지시하는 대로 가면 되지만, 당시 미국도 역시 반드시 지도를 보면서 찾아가야 하는 시대였다. 일단 고속도로에 올랐다. 한국에서는 부산 방면, 혹은 목표 방면으로 표시된 표지판 방향으로 가면 되지만, 미국은 넓은 나라라 여기저기 고속도로가 많고 반드시 도로 표기가 W/E 또는 N/S 즉 동서남북으로 표시되어 있는데도, 운전하던 이 친구 방향 표지 글자를 보지 않고 무심하게 차를 달려갔다. 얼마를 달리니 고속도로 옆 휴게소에 10여 명이 모여 무언가를 보고 있었다. 우리도 가보니 커다란 폭포가 있었다. 세계에서도 몇 번째 가는 큰 폭포란다. 한국 같으면 수백 명이 몰려 있을 텐데 겨우 10여 명만이 관광하고 있었다. 다시 지도를 살펴보니 목적지와 정반대 방향으로 간 것이다. 우리는 이날 다시 되돌아올 수밖에 없었다.

그렇게 여기저기 1주일 영업을 다니다가, 다시 아메리칸 호이스트 회사에 전화를 걸었다. 한국에 갔다가 돌아왔다고 하면서, 협의를 재개하자고 말하여 세인트폴로 갔다. 우리는 폭스 변호사와 다시 만나 문제의 문구의 단어를 '세임(same)'으로 하자고 재차 제안하였으나, 그는 이것을 바꾸면 아무런 의미가 없다고 하면서 거부하였다. 우리는 그러면 마지막 절에 "대한민국 정부의 방침에 따른다"라는 항목을 추가하자고 하니, 그들은 이상히 여기면서도 결국 우리의 제의에 동의하여 완전 합의에 이르렀다.

일을 마치고 우리는 점심 식사를 하러 함께 식당에 갔다. 이런저런 이야기 중 나는 전날 밤 겪은 이야기를 하였다. 저녁 식사를 하고 호텔 로비에 나오려는데, 멋진 액세서리로 장식한 귀부인들이 아름다운 드레스를 입고, 나비넥타이를 매고 말끔하게 차려입은 신사들과 함께, 혹은 자기들끼리 두세 명씩 지하층으로 내려가고 있었다. 나는 호기심에 지하로 따라 내려갔다. 대형 룸에 많은 신사 숙녀들이 삼삼오오 끼리끼리 모여서 음료수 글라스를 들고 담소하고 있었다. 무엇을 하는 곳인가 하는 호기심이 발동하여 내부로 계속 들어가는데, 신사복 차림의 한 남자가 나의 뒤를 계속 따라왔다. 한 바퀴 돌아보고 나오니 이 신사 웃으며 "굿바이" 하고 말하였다. 폭스 씨가 말하기를 더러 그런 모임이 있는데, 전날의 그 모임은 어린이들 폐결핵의 치료를 위하여 모금하기 위해 모인 자선 파티이고, 뒤따라온 사람은 경찰관이었을 것이라고 설명하였다. 나는 촌놈 짓을 한 셈이었으나, 그것도 하나의 경험이라 생각하였다.

오후 호텔로 돌아와서 옐로북(Yellow Book, 전화번호부)에서 무작정 J. Lee의 전화번호를 찾았다. 성이 Lee면 한국 사람일 것이고, 더욱이 J 자를 찾는 것은 한국의 여성 이름이 ~자(子)로 끝나는 이름이 많아서 한국 사람임을 확실히 알려준다고 생각하였기 때문이었다. 그런데 통화를 하니 미국인이 받으며 "헬로우"라 하였다. "당신이 Mr. Lee냐"고 물어보니 그렇다고 대답하는 것이었다. 미국인에게도 이(Lee) 씨 성이 있는 것을 처음 알았다. 전화를 끊고 다시 J. Kim의 전화번호를 찾았다. 신호를 보내니 이번에는 다행히 한국 여자분이 친절하게 받아주었다. 이곳에 한국 음식점이 있느냐고 물었으나 안타깝게도 없다는 것이었다. 할 수 없이 우리 두 사람은 한국에서 갖고 온 고추장을 갖고 중국 음식점에 들어가 앉으며 완탕 스프(만둣

국)을 주문하였다. 중국의 만둣국에 고추장을 풀면 한국 음식의 맛
이 나온다. 저녁 식사를 마치고 돌아오는 길에 잠깐 상점에 들렀는
데, 상점 판매원 아가씨가 이상한 냄새가 난다면서 우리를 맞이하였
다. 동반자의 주머니 안에 고추장이 들어 있었던 것이었다. 미안하고
무안해서 그대로 나와버렸다. 귀국하여 정인영 사장께 기술제휴 계
약 체결에 대해 사실대로 보고하였다. 정 사장은 그런대로 납득하셨
으나, 잘된 계약서는 아니라고 말씀하셨다. 이렇게 하여 생산된 제품
이 한국에서 만든 제1호 크레인 제품이었다.

이 무렵 업무상 출장으로 일본에 드나드는 동안 재일교포 북송에
관한 이야기도 많이 들었다. 이 시절 일본에는 조총련과 재일거류민
단이 있었다. 조총련은 조선인 학교도 설립하고 여성은 우리나라 전
통의 치마저고리를 입으며 한국어를 가르치고 있었으나, 민단은 숫
자도 적고 민단학교도 없고 하여 조총련이 훨씬 더 우세하였다고 한
다. 이때까지는 북한이 남한보다 더 잘 살았던 시기였다.

북한은 재일동포를 고국으로 데려온다고 하며 북송선을 일본으
로 보냈다. 북송선은 니가타 항에서 출항하여 북한으로 갔는데, 북
한으로 가기 위하여 북송선에 탄 교포들은 배에 오르기 전 가족들
과 헤어지며 약속하기를, 북한에 도착하여 가족들에 보낸 편지에 특
정 글자를 정하여 이런 자가 쓰여 있으면 북한으로 따라 들어오라는
뜻이고, 이런 자가 쓰여 있으면 오지 말라는 뜻이라 말하고 떠났다
한다. 한국에서 일본으로 출장을 가서 식사하려고 식당으로 갈 때,
식당 간판에 금강이라고 쓰여 있으면 조총련 계통의 사람이 운영하
는 곳이고, 한라산·아리랑 등으로 쓰여 있으면 민단계열이 운영하는
곳이 많았다. 대개 이런 식당을 골라 들어갔다.

8

불황의 타개책으로
안양공장에서 철판 라디에이터를 생산하다

1969년도 말경부터 한국 경제에도 불황이 시작되었다. 현대양행 안양공장도 생산해 놓은 식기의 판매가 부진하여 생산을 계속하기가 어려워졌다. 영업의 활로를 여러모로 모색하던 중에 장모님이 병환이 나서서 문병차 수원 파티마 병원에 갈 일이 있었다. 파티마 병원은 외국의 원조로 건립한 곳이어서 내부 시설 일체가 수입품으로 만들어졌다. 장모님이 입원하신 병실에 들어가니 얼른 눈에 띄는 것이 있었다. 바로 실내에 철판으로 설치되어 있는 방열 라디에이터였다. 보기에도 아름다웠다. 국내에서 만든 제품은 모두 주물품이어서 무겁고 또한 녹이 슬기도 하였다. 이 철판 라디에이터는 우리 안양공장에서도 생산이 가능하다고 느꼈다. 돌아와서 철판을 구입하여 샘플 제품을 제작하여 보았다. 가벼운데다가 도장까지 마치자 훌륭한 상품이 되었다. 곧바로 카탈로그를 만들어 회사 제품을 선전하기 시작하였다.

이 제품의 장점으로 ① 주물보다 가벼워 운반, 설치가 편리하다 ② 표면이 아름답다(표면 아름다운 색깔 도장) ③ 열전도율이 좋다 ④ 수명이 길다 ⑤ 설치가 용이하다 등을 홍보하였다. 사실 내가 직접 수명이나 열전도율이나 시험해 본 적은 없었으나, 그저 이런 장점이 있어 외국에서 사용치 않았을까 추측하여 쓴 것이었다. 다행히 이 선전이 먹혀서, 서울시에서 여의도에 건설한 13층짜리 수십 동의 아파트에, 한국에서는 처음으로 우리 철판 라디에이터를 입찰하여 낙찰받았다. 덕분에 공장은 일감이 넘쳐났으며 공장이 100% 가동되어 불경기를 이겨낼 수 있었다.

아파트 공사가 다 끝나고 우리가 납품한 라디에이터도 설치가 완료되었다. 그러나 웃음도 잠깐, 커다란 문제가 발생하였다. 납품한 라디에이터와 배관 연결부에 패킹이 들어가는데, 처음에는 석면판을 사용하였다가 이음새에서 물이 샐까 염려가 되어 고무 재질로 바꾼 바가 있었다. 그런데 초겨울이 되어 아파트 난방이 시작되자 난리가 났다. 보일러에서 물을 데워 각 가정에 공급할 때, 이음 부분에 사용하였던 고무가 열에 못 견디어 늘어나면서 뜨거운 물이 방으로 화장실로 마구 뿜어나오는 것이었다. 당일로 신문에 현대가 부실 공사를 하였다는 대문짝만한 제목으로 보도가 나왔다. 나는 바로 사장실로 불려들어가 꾸지람을 듣고 빨리 시정 조치하라는 엄명을 받았다.

나는 눈앞이 캄캄하였다. 이 일을 어찌하나! 다시 처음처럼 석면판을 고무판 대신 사용하니 물이 새는 것은 면했는데 13층 아파트가 한두 동도 아닌데다가, 한 가구에 4~5개 이상 설치되어 있는 라디에이터 모두 패킹을 교환하여야 하니 보통 일이 아니었다. 더욱이 여의도의 아파트는 개별 난방이 아니고 중앙집중 난방식이어서, 다음날 아침부터 보일러 가동을 모두 멈추어야 작업을 할 수 있는 상태였다. 그나마 다행인 것은 이 무렵 한국에서는 처음으로 아파트를 건설하기 시작하였던 때여서, 아파트와 관련된 내용을 잘 몰라 실제 분양받아 입주한 입주자가 적었다는 점이었다. 아파트 한 동에 몇 가구 안 되는 상태였다. 그래서 입주 가구만을 우선 공사하기로 하고, 공장 전 직원을 동원하여 차례차례 패킹 교환 공사를 진행하였다. 그 사이 봄이 되었고, 난방하지 않는 계절이어서 나머지 가구 모두 공사를 완료할 수 있었다. 오늘날과 같이 아파트가 완공 즉시 모든 가구가 입주하는 시대였다면, 나는 어떻게 되었을까? 정말로 하늘이 도왔다고 할 수 있다. 뜨거운 물이 방안으로 뿜어나오는 동안 우리 공장 사람들은 물 자체에 대한 노이로제가 걸릴 정도의 상태였다.

난방공사가 끝날 무렵, 서울 소공동에 한미 합작으로 조선호텔이 건축되고 있었다. 나는 그곳에 우리가 납품할만한 제품이 있는가 조사하러 갔다. 시공을 담당한 회사는 현대건설이어서 협조를 받을 수 있었다. 내부를 조사해 보니, 천정에 냉난방 시에 공기가 표출되는 출구에 디퓨저(diffuser)라는 마감 제품을 붙이게 되어있었다. 이것도 우리 안양공장에서 생산이 가능하다고 느꼈다. 담당 소장에게 우리가 제조 납품하겠다는 제안을 하니, 이것은 수입품으로 미국인 감독자가 허가하여야 한다고 대답하였다. 미국인 감독자를 만나 제의하니, 그리하라 허가하여 주었다.

그런데 제품을 생산하여 호텔 공사장에 납품하자, 미국인 감독자가 불합격 처분을 내렸다. 이유는 우리가 만든 제품이 미관상 아름답지 못하다는 것이었다. 해서 제품 모두 공장으로 가져와 수리한 후에 다시 납품하였지만, 또 불합격이란다. 당시 현대양행 회사 엔지니어들은 마음이 여리고 양심적이라서, 납품한 제품을 다시 가져오겠다고 나에게 보고하였다. 그러나 나는 일단 진행을 중단시키고, 영업부 사람을 미국 감독자 측에 보내 협의하라 하였더니, 드디어 합격증을 갖고 왔다. 영업인과 기술인의 차이였다.

9

현대자동차 주식회사의 탄생 과정

현대건설은 1967년에 미국 포드 회사와 제휴하여 현대자동차 주식회사를 설립하였다. 당시 우리나라에는 신진자동차가 일본의 도요타 자동차와 제휴하여 승용차와 택시를 생산하는 회사로 이미 탄생, 운영되고 있었다. 포드 자동차는 국내에 대리점을 두고 영업하고 있었는데, 화신백화점 사장인 박흥식 씨가 맡아 운영하고 있었다. 그런데 포드 회사 회장이 한국에 와서, 자동차 생산 분야에서 합작 파트너를 찾고 있다는 것이었다. 이때 정인영 사장이 포드 회장을 찾아가 현대와 제휴하기를 요청하였다.

당시 국내 기업체가 외국과 업무 제휴하려면 정부 승인이 필수적이었다. 그리 쉬운 일이 아니었다. 포드 회장 왈, "만일 우리가 현대와 업무 제휴하면 현대는 정부 승인을 얻을 수 있는가?" 하고 질문하였다. 정인영 사장이 대답하기를, "자신이 있다고 말할 수는 없다. 그러나 만일 어느 다른 한국 회사가 정부 승인을 얻는다면 우리도 정부 승인을 얻을 수 있다."라고 대답하였다 한다. 결국 정인영 사장이 포드 회장의 환심을 얻어 합의를 이루고, 정부에 합의서와 함께 현대자동차 주식회사 설립 제안서를 제출하여, 허가를 얻어냈다.

정부의 승인 조건은 최초로 자동차 생산 시 자동차 부품 국산화율을 30%로 맞추어 시작하고, 점차 국산화율을 늘려나가라는 것이었다. 현대는 곧바로 울산공단 내에 공장 위치를 정하고, 공장 건설에 착수하였다. 30%의 국산화 부품 품목을 선정하고, 나머지 70%는 영국으로부터 수입하기로 하였다. 우리가 생산하기로 한 자동차는 소형차였는데, 미국 포드 본사는 대형차 생산이 주업종이었으므로, 소형차를 생산하는 영국의 포드사 공장에서 수입하기로 한 것이었다.

10

현대양행 안양공장,
자동차 부품생산으로 전환하다

이에 따라 현대양행 안양공장은 양식기 생산을 포기하고, 국산화해야 하는 자동차 부품을 생산하기 시작하였다. 우선 우리가 보유하고 있는 시설을 이용하여 차량용 히터와 라디에이터를 생산하기 시작하였다. 이어 일본 미쓰비시 전기회사와 기술을 제휴하여 차량용 전기제품인 발전기, 스타터(starter), 각종 배선 장치 등을 생산하였다. 일본 동양기계공업(東洋機械工業:약자로 도키코[東機工]라 불렀다) 회사와도 기술 제휴하여 쇼크 업쇼버(shock absorber:완충기)를 생산하였다. 또한 미국의 미첼 회사와도 협력하여 카 쿨러(car cooler:자동차용 에어컨)도 생산하였다. 이런 부품생산 경험이, 훗날 만도그룹·한라그룹 형성에 큰 디딤돌이 되었다.

이 당시 한국의 승용차에는 거의 에어컨이 없었던 시절이었는데, 우리가 처음으로 생산한 것이다. 아직 값도 비싸고 귀한 것이었기 때문에, 청와대 근무 고위간부, 은행장, 장차관, 대기업 사장 등이 타는

현대양행 자동차 부품생산 시절 정인영 사장에게 받은 포드20M 자동차

차에만 에어컨을 설치하는 상태였다. 우리는 안양공장의 기존 시설에 약간의 설비를 추가하여 차량용 에어컨을 생산하고 있었는데, 생산량이 소량이었으므로 현대자동차에 납품하지 않고 공장에서 에어컨을 차량에 직접 설치하여 주었다. 그런데 얼마 후 우리에게 큰 어려움이 닥쳐왔다. 현대그룹 정주영 회장실에서 전화가 왔는데 청와대 고위 공무원의 차에 설치한 에어컨에서 찬 바람이 안 나오고 더운 바람이 나오니, 즉시 고쳐주라는 연락이었다. 청와대 높은 분들의 차라 참으로 조심스러웠다.

차를 수령하여 조사하니 정말로 찬 바람은 안 나오고 더운 바람이 나왔다. 원인을 알아야 할 텐데 우리로서는 도무지 알 수 없었다. 할 수 없이 A/S 분야의 미국 제휴 회사인 미첼 사에 연락하였다. 미첼 사는 홍콩지사에서 당일로 기사가 파견하여 주었다. 그러나 파견 기사가 조사하여도 원인을 알 수 없었다. 수리할 차를 공장 내에 입고하여 여기저기 마구잡이로 손질해 보다가 내보내는 것을 그 차의 운전기사가 본다면 기겁할 노릇이었다. 이제는 비상 방법으로 위기를 넘길 수밖에 없었다. '급하면 달아나라!' 우리에게는 '18계'가 있지 않은가. 하다하다 안되면 달아나는 것이 '18계'이다.

우리의 '18계'는 이러했다. 수리할 차량이 들어오면 운전기사에게 시내 영화관 입장권을 주어 차를 고칠 동안 구경을 하고 오라 한 뒤, 그가 없는 동안 차를 공장 내부에 입고하여 임시로 차 앞 라디에이터 뒤에 방열판 반쪽을 추가하여 붙였다. 그러다 운전기사가 돌아오면, 대충 손 보았다고 하고 얼마간의 돈을 주면서 차를 돌려보냈다. 다행히 높은 지위의 사람들은 먼 거리를 이동하는 경우가 드물어, "에어컨을 틀었는데도 왜 안 시원하냐?"고 기사에게 물으면, 기사는 돈을 받은 죄가 있어 "곧 시원해집니다."라고 대답하였다. 그러다 보면 목적지에 도착하여 뒷자리의 높은 분은 곧 하차하여 사무실로 들어가 위기를 넘었다. 이러는 사이에 계절이 바뀌어 가을이 되니, 에어컨 사용이 불필요하게 된 것이다.

우리는 이때부터 충분한 시간을 갖고 원인을 연구하기 시작하였다. 현대양행의 정인영 사장은 당시 최고급 차인 포드 20M을 나에게 내주며 타고 다니면서 연구하라고 하였다. 우여곡절 끝에 결국 원인을 찾아냈다. 차량용 에어컨은 원래 3부분으로 나뉘는데, 냉각매(冷却媒)인 프레온 가스를 압축하여 액체로 만드는 컴프레셔(compressor), 액체를 기화하여 찬 바람을 내는 부분인 에바포레이터(evaporator), 차내에서 뽑은 열을 식히는 방열체인 콘덴서(condenser)가 그것이다. 이중 에바포레이터를 차내에 설치하여 차내가 시원하게 된다. 우리는 연구를 거듭하여 결국 에바포레이타와

콘덴서를 연결하는 부분, 방열판의 얇은 핀과 가스관의 접촉이 불완전하여 뜨거운 바람이 나오는 현상임을 찾아내었다. 이로써 모든 문제가 해결되었다.

이후에도 나는 포드 20M을 계속 타고 다니며 안양에서는 가장 좋은 차를 타는 한 사람이 되었다. 몇 달 후 어느날 이 차를 타고 서울 본사에 갔는데 정주영 회장이 회장 사무실에서 주차장을 내려다보다가 내가 주차해 놓은 20M을 보시고 "저 차는 누가 타는 차냐?"고 직원에게 물었다. 그 직원이 "현대양행 안양 공장장이 타고 있습니다." 하니, 회장님은 "당장 회수하라." 하였다고 한다. 다시 나는 몇 등급 아래인 포드 코티나 승용차를 타고 다니는 신세로 강등되었다.

당시 현대자동차 울산공장에는 여러 명의 외국인 기술자들이 차량 제작 지도를 위하여 파견되어 있었다. 그런데 나에게 그들을 인솔하고 일본으로 출장 가라는 명령이 내려왔다. 일본 오사카 시에서 엑스포 박람회가 열리는데, 이들이 그것을 보기 원했던 모양이다. 아마도 내가 일본으로 자주 출장 다니고, 일본어와 영어도 잘 구사하는 관계로 나를 택한 모양이었다. 나는 이들과 함께 도쿄로 떠났다. 이때에는 한국에서 직접 오사카 시로 가는 비행기가 없었기 때문이었다.

도쿄에 도착하여 오사카 시로 가는 신간선 열차표를 구입한 다음, 외국인 일행 중 한 사람에게 다음날 아침 9시에 호텔 로비에서 만나자고 약속하고, 각자 정해진 룸으로 헤어졌다. 이튿날 아침 9시에 호텔 로비에 나와보니, 어제 말을 전한 한 사람만이 나와 있었다. 각 객실로 모두 연락하여 겨우 다 모였는데, 그 중 한 사람이 나에게 크게 불평하였다. 각각의 사람들에게 따로 연락을 안 했다는 것이다. 한국에서는 같은 그룹에 속하는 사람끼리는 한 사람에게만 알려주면 다 통하는 경우가 많은데, 개인주의 사상이 강한 미국이나 영국 계통 사람에게 우리 식으로 생각하여 말을 전달한 것이 큰 실수였다. 차내에서도 그들에게 "아이 엠 소리"를 반복하여 겨우 이들의 화를 풀었다. 도쿄로 다시 돌아와서도 야간에 코파카바나라는 나이트클럽에 가서 극진히 이들을 대접하였다.

　한국으로 돌아오는 길에, 비행기에서 내려다보니 한국이 너무 초라해 보였다. 산은 민둥산이라 나무 하나 없는 벌거숭이요, 김포공항은 하네다 공항에 비하면 너무도 작고 촌스러워 마음이 울적함을 느꼈다. 우리 회사 중역 한 사람이 동남아 출장을 다녀온 뒤 한 말이 떠올랐다. 동남아에 도착하는 비행기에서 아래를 내려다보며 든 생각이, "굶어 죽을 국민은 한국뿐이구나."라는 것이었다. 동남아 국가는 가난하긴 하여도 과일도 많고 농사도 일 년에 3부작이라 식량도 넉넉하여 굶어 죽을 염려가 없고, 또 항상 기후가 더우니 난방도 필요 없어 걱정이 없는데, 한국은 어느 하나 풍족한 것이 없어 갑자기 슬퍼지더라는 것이었다. 오늘날 이렇게 우리나라의 산에 숲이 우거질 줄이야 짐작이나 했겠는가.

경부고속도로가 산업화에 미친 영향

　경부고속도로는 여러 야당의 반대를 무릅쓰고 정부가 밀어붙여 1970년 7월에 개통되었다. 이는 전국을 하루 생활권으로 바꿔 놓아 일상생활의 편리함도 가져다주었으나, 산업화의 촉진이라는 측면에서도 커다란 기여를 하였다. 경부고속도로의 건설 비화 중에는 이런 내용도 있었다. 박정희 대통령은 경부고속도로를 만들기 위하여 당시 건설부 장관인 주원 장관에게 공사비 견적서를 작성 보고하라 하였다. 주 장관은 총공사비로 9백억 원이 든다고 하였는데, 1년 국가 예산이 그 절반도 안 되던 시절이었으므로, "그 많은 돈을 어떻게 조달하나!"라는 생각으로 감히 엄두가 나지 않은 모양이었다. 그리하여 외국에서 고속도로 건설에 경험이 있는 정주영 회장을 청와대로 불렀다.

　다음날 아침에 정주영 회장이 청와대로 들어가 대통령을 만났다. 대통령이 묻기를, "경부고속도로 공사를 하고 싶은데 공사비가 얼마면 될까요?" "네, 2백억이면 됩니다," 정주영 회장은 즉석에서 대답하였다. 정 회장의 대답을 들은 대통령의 얼굴색이 변하고 눈이 번쩍 뜨였으리라. 그러나 정 회장이 사무실에 돌아와 곰곰이 생각해 보니, 아무래도 잘못 말한 것이었다. 어떤 수를 쓰더라도 그 금액으로는 안 될 것 같았다. 회장님은 '이 일을 어찌하나!' 하며 줄담배를 피웠다고 한다. 원래 담배를 피우지 않는 분인데... 오죽 고민이 되었으면 그랬을까.

생각 끝에 정 회장은 오후에 청와대로 다시 들어갔다. "각하, 제가 잘못 말씀드렸습니다. 용서하여 주십시오." 하니, 대통령은 "그러면 얼마면 된단 말입니까?"라고 물었다. "4백억 원이 소요되겠습니다. 각하, 죄송합니다." 사실 4백억 원이라도 건설부가 낸 견적의 절반이다. 대통령은 "정회장, 우리 지금 여기서 서로 사인하고 내일부터라도 경수(서울과 수원) 구간을 착공합시다."라고 말하였다. 이리하여 경부고속도로가 시작, 완성되었으며 결과 4백억 원으로 420㎞에 달하는 구간의 공사가 마무리되었다.

애초 건설부 장관이 대통령에게 9백억 원으로 공사비를 보고한 것도 한 번도 경험해 보지 못한 사업이라 부풀려진 점도 있었을 것이다. 그래도 고속도로 공사의 엄밀한 규정대로 꼼꼼하게 건설했다면, 정 회장이 제시한 4백억 원으로는 불가능하였을지도 모른다. 왜냐하면 공사 완료 후 얼마 지나지 않았는데도 비가 와서 도로의 일부가 유실된 일도 있을 정도였으니까 말이다. 여하간 고속도로의 완성으로 한 곳에 집중되었던 생산 공장들이 도로를 따라 전국으로 분산되었고, 그간 교통 불편 때문에 필요 이상으로 쌓아놓았던 창고 재고 물량도 훨씬 줄일 수가 있었다. 이런 점에서 경부고속도로는 산업화 촉진의 기폭제가 된 것도 사실이다.

11

8.3 조치의 발표로 큰 고통을 받다

앞서 말한 대로 1969년 말부터 불경기가 시작되었다. 일감이 없어 많은 회사들이 부도로 문을 닫았고, 회사에 다니는 직원들에게도 감원 태풍이 일어나는 형편에 이르렀다. 안양지역과 군포지역에 있는 공장 앞마당에는 공장문을 닫은 뒤 인적이 끊겨 잡초가 무성해진 곳도 있었다. 당시만 해도 최대 자동차회사였던 신진자동차도, 할부로 판매했던 택시 구매자들로부터 월 할부금을 받지 못하여, 1971년 부평공장이 제너럴 모터스로 넘어가는 형편이었다.

현대자동차 회사도 형편이 말이 아니었다. 자동차 신규 매출은 형편없고, 할부로 판매한 택시들의 할부금도 제때에 들어오지 못하여 난리가 났다. 정주영 회장은 금강 슬레이트 사장이었던 막내동생 정상영 씨를 자동차 부사장으로 임명하고, 할부로 판매한 자동차들 가운데 할부금 미납 차량을 다시 거두어들였다. 정세영 현대자동차 사장 이하 중역들을 매일 아침 회장실로 불러 회의를 열었다. 이때 나는 현대양행 안양공장 대표로, 나중에 대통령이 된 이명박 씨는 현대건설 중기 사무소 대표로 참가하였다. 정 회장은 매일 자동차 판매현황, 할부금 입금 현황, 생산현황 등을 보고하게 하였다. 현대자동차뿐 아니라 그룹 전체가 비상 경영 체제로 전환하였다.

정부는 이런 상황 속에서 급기야 1972년 8월 3일 경제의 안정과 성장을 위한 긴급명령 제15호를 발표하였다. 긴급명령 15호는 총 7개 조항으로 이루어졌는데, 그중에 가장 중요하고 일반 시민에게 큰 충격을 준 것은 다음의 내용이었다. 모든 기업은 보유하고 있는 사채를 모두 정부에 신고하고, 신고된 사채는 3년 거치 후 5년 분할 상환받거나 혹은 채권을 출자로 전환하라는 것이었다.

이 조치로 많은 사람들이 피해를 입었다. 나도 이 조치로 희생된 사람 중의 한 명이었다. 사정은 이러했다. 이 시기 사회에 유행한 경제행위로 계 모임이란 게 있었다. 계주는 10명 또는 20명 단위로 계원을 모집하여 매월 금액을 정하여 계원으로부터 곗돈을 납입받았다. 돈을 납입한 차례로 순번을 정하거나(이 경우 1번은 계주 몫이었다), 제비를 뽑아서 계원들이 그 순서대로 목돈을 타갔다. 주로 부인 사회에서 많이 이루어졌는데, 믿을 수 있고 일정한 수입이 있는 사람끼리 계를 조직하였다. 끝까지 잘 되는 계도 있고 도중 파기되는 계도 있었다. 계에서 목돈을 탄 계원들은 바로 높은 이자 또는 수입이 있는 곳에 투자하였는데, 대개는 안전한 기업체에 투자하는 경우가 많았다.

이때 집사람도 계를 들고 있었다. 순번에 따라 3백만 원을 타서 어딘가에 투자처를 찾던 중, 현대건설에 빌려주면 매달 이자를 꽤 쳐준다고 하여 돈을 입금하였다. 그러다가 한두 달도 지나지 않아 8.3 조치로 인하여 모든 것이 동결되어버린 것이다. 계에 내는 금액을 매월 지불해야 하는데 현대건설에서 나오는 돈은 없고, 어쩔 수 없이 나의 월급에서 빼내어 꼬박꼬박 곗돈을 입금하였다. 8.3 조치로 수년 간 현대건설에 빌려준 돈의 상환이 동결되었고, 그후로도 5년에 걸쳐 분할 상환되어 고통이 이어져갔다. 내가 현대의 덕을 입어야지 현대가 내 덕을 보는 격이 되었다. 여하튼 이 조치로 많은 기업이 회생할 수 있었다.

12

갑자기 임명된 부사장 문제로
현대양행에 사직서를 제출하다

원래 현대양행 안양공장은 모두 제품생산 부서로 이루어져, 전 직원이 직간접적으로 생산에 종사하는 사람들이었다. 그외 영업부서, 관리부서 그리고 해운부서 직원들은 서울에서 근무하였으나, 곧 전 부서가 안양으로 이전하였다. 이중 해운부서를 제외한 다른 부서들은 나의 산하에 있었다.

이 무렵 현대양행은 국제개발은행(IBRD) 자금을 이용하여 군포 공장을 증설하고 있었는데, 나는 생산 아이템을 늘리기 위하여 이에 필요한 기계 선정 작업을 하고 있었다. 그러던 중, 하루는 정인영 사장이 "부사장을 채용하면 어떻겠느냐?"고 넌지시 물어왔다. 나는 "좋은 일이죠." 하고 대답하였다. 며칠 후에 부사장 한 분이 임명되었다. 나중에 안 일이지만, 그분은 과거 조달청에서 국장으로 재직하다 정년퇴임한 분이었다. 과거 현대시멘트 공장 건설 시에 정인영 사장이 그분께 많은 도움을 받았던 모양이었다.

내 위의 직급으로 부사장이 임명되었어도 나는 크게 신경 쓸 필요도 없고 그저 나의 할 일만 하면 되었으므로 몇 달간은 무사히 잘 지나갔다. 그런데 회사 분위기는 달랐다. 나는 이때 직급이 상무이사로 나의 윗선은 오직 사장님뿐이었는데, 갑자기 부사장이 오니 사람들은 내가 그를 어떻게 대하는가 예의 주시하고 있었던 모양이다. 어느 때나 어느 사회나 시기하는 사람이 있게 마련이라, 나와 부사장 사이가 안 좋다고 정인영 사장에게 고자질하는 사람이 있었다.

하루는 사장 비서실에서 나에게 서울 사장실로 오라는 연락이 왔다. 곧바로 서울로 올라가 사장실로 들어갔다. 인사를 드리니 마침 점심시간이라, "점심 식사하러 나가자"라고 해서 함께 나가 설렁탕을 들었다. 식사가 끝나고 다시 사장실로 돌아왔다. 잠시 후에 사장님이 "이 상무, 왜 나의 사업을 반대하지?" 하셨다. 나는 "반대라니요, 제가 왜 사장님 사업을 반대합니까? 오늘날까지 최선을 다하여 일해 왔습니다."라고 대답하였다. 사장님은 "그러면 부사장한테 무조건 복종하겠어?" 하셨다. 나는 대답하였다. "저는 그것은 못 합니다. 부사장님은 오신 지도 얼마 안 되어 업무 내용을 잘 모르시는 경우도 있습니다. 사장님 말씀이라면 무조건 복종할 수 있으나, 어떻게 부사장께 무조건 복종합니까? 그것은 저는 못 합니다." 그러자 사장님은 "이 상무, 다시 보아야 하겠는데!" 하며 정색을 하시는 것이었다.

나는 사장실에서 나와 공장에 내려온 즉시 사직서를 써서 부공장장에게 주었다. 부공장장은 나의 대학 동기로 철도청에 근무하다 나의 소개로 우리 회사에 입사한 사람이었다. 그는 두말없이 나의 사직서를 당일로 사장실에 올렸고, 사직서는 바로 결재되었다. 부공장장이 어떤 생각으로 한 번도 만류함이 없이 나의 사표를 사장실로 올렸는지는 잘 모르겠다.

사표를 던지고 집에 돌아오니 모두 깜짝 놀랐다. 아침에 식사 잘하고 출근 잘하였는데 갑자기 퇴직이라니 놀랄 수밖에 없겠지... 다음날 대학 동기인 부장이 나의 퇴직금을 갖고 찾아왔다. 그리고 하는 말이 "언제까지 잘 있을 줄 알았니?"라는 것이었다. 이 말에 집사람도 놀랐다. 다음날 아침에 일어나니, 아이들이 학교를 가면서 "엄마 돈 줘" 하는 소리가 들렸다. 눈앞이 캄캄해지는 것을 느꼈다. '큰일 났구나, 장차 어떻게 하지. 당장 집을 비워야 하지 않는가!'

그때 내가 살고 있던 회사 사택은, 안양에서도 가장 좋은 집 중의 하나였다. 대지 150평에 건평 40평의 집에는 온수 보일러가 설치되어 있었고, 간이 당구장도 실내에 있었다. 담이 번듯하게 4각형으로 쌓여 있었는데, 처음에는 거의 며칠 만에 한 번씩 도둑이 담을 넘어와 집 유리 창문을 떼어놓고 들어오려고 하였다. 하도 무서워서 큰 셰퍼드를 사서 울안에 두었더니 어느날 이 셰퍼드가 없어져 버렸다. 도둑놈이 개를 끌고 간 모양이었다. 낚싯대에 고깃덩어리를 끼어놓고 개 앞으로 던지면 개가 고깃덩어리를 덥석 무는데, 이때 낚싯대를 확 잡아채면 낚시가 개 입에 물리어 짖지도 못하고 끌려간단다. 나는 할 수 없이 작은 종류의 개 2마리를 다시 사서 사택 로비에 두어 길렀다. 그리하여 도둑놈은 못 들어오게 되었지만, 대신 매일 개의 변을 치워야 하는 불편을 감수하여야만 했다.

그러나 이제 그 사택도 비워야 하고, 전화도 끊어야 하고, 이사 갈 집도 마련하여야 하고, 아이들 학교도 옮겨야 하고, 그리고 무엇보다 내가 다닐 새 직장도 마련하여야 했다. 참으로 일생일대의 위기가 닥쳐온 것이었다. 그날 저녁 나는 정 사장 댁을 방문하였다. 정 사장께 하직 인사를 하고 "최선을 다하였으나 능력이 모자라 퇴직하였습니다." 말씀드리고 일어서니, 정 사장이 "자기 말만 하고 가네." 하였다. 현대양행에서의 생활과 정인영 사장과의 인연이 일단락되는 순간이었다. 1973년 무렵이었다.

3장

현대그룹 주력 제품 생산 공장을 건설하다

현대자동차에서 현대차량에 이르기까지

1

정주영 회장의 부름을 받고
현대자동차로 회사를 옮기다

현대양행을 그만두면서 나는 고민이 컸다. 정인영 사장에게 퇴직 인사를 마치고 나오면서 나는 '내 사업을 할까, 아니면 다른 직장을 구할까?' 생각하면서 청파동에 있는 중고 기계 상가로 발걸음을 옮겼다. 내 사업을 한다고 생각하고 필요한 여러 기계 설비 가격을 조사해 보니, 내가 가지고 있는 돈으로는 어림없었다. 나는 기진맥진 다시 집에 돌아왔다.

퇴직 후 3일이 지났다. 친구로부터 모 회사 사장이 나를 만나자고 한다고 연락이 왔다. 오전에 그의 사무실에 들러보니, 그 사장 하는 말이 "소형 콤프레서 제조공장을 건설하려 하는데, 와서 일할 수 있느냐?"고 물었다. 생각해 보겠다고 대답하자, 자기는 지금 곧 외국으로 출장가는 길이니 돌아와서 다시 만나자고 하였다.

집에 돌아오니 본사 정주영 회장실에서 올라오라는 전화가 와 있었다. 집사람도 너무나 갑작스럽게 일어난 일이라 당황하고 어찌할 줄을 모르다가, 늘 일이 생기면 그리한 것처럼 항상 다니던 점쟁이를 찾아가 물어본 모양이었다. 점쟁이 왈, "절대로 개인 사업은 하지 말라"는 것이었다. 뿐만 아니라 "만일 사업을 시작하면 팬티도 안 남는다."라고 말하였단다. 어려운 일에 찬물을 끼얹는 격이 아닌가! 그가 또 말하기를, "당신의 남편은 지금 다니던 회사와는 너무나 깊은 인연이 있어서, 두 번 더 찾아가면 다시 일하게 된다."라고 했단다. 무슨 뚱딴지 같은 소리! 어제 회사 그만둔 사람이 다시 가서 일하게 된다니, 참으로 황당하기 짝이 없는 말이어서 일축해 버렸다.

그래도 어차피 정주영 회장께도 퇴임 인사를 하여야 하던 차에 불러서 갈 때 인사하는 것이 자연스럽다고 생각되어 버스를 타고 무교동 회장실로 들어갔다. 나를 보시더니 "잠깐 앉아 있으라"고 하여 의자에 앉았다. 서류 결재를 마치고 난 다음 나에게 "왜 회사를 그만두었지?" 하고 물었다. 내가 "최선을 다해 일하였으나 능력이 모자라 그만두었습니다." 말하니 "알았다"라고만 하셨다. 회장실에서 나와 다시 버스를 타고 집으로 내려오는데 내 처지가 한심함을 느꼈다. 어제까지만 해도 전담 운전기사가 모는 고급 승용차 뒷 좌석에 앉아 있었는데, 오늘은 털털거리는 버스를 타고 정거장마다 쉬어가는 신세가 되었으니, 사람 팔자 시간 문제가 아닌가 싶었다.

오후 서너 시가 되어 집에 도착하니, 회장실에서 또 전화가 와 있었는데, 지금 바로 올라오라는 것이었다. 다시 서울사무소로 가서는, 아무래도 이상하다 생각되어 일단 먼저 정인영 사장실에 들렀다. 사장님 왈, "내가 회장님에게 당신을 채용하시라 말씀드렸다"라는 것이었다. 회장실에 들리니 회장님은 나가던 길이었는지, 나보고 따라오라 하였다. 주차장에 서 있는 회장 차에 오르면서 나보고도 같이 타라고 하였다. 다시 현대로 복귀하게 된 것이다. 점쟁이 말대로 두 번 회사에 가니 다시 현대그룹에 입사하게 된 셈이었다. 이상하게도 무속인의 예언이 맞아떨어졌다. 지난번에도 대략 맞추더니 이번에도 신기하게 예언이 맞았다. 남의 돈을 거저먹지는 않는 모양이다. 관세음보살!

나는 정 회장 차로 종로3가에 있는 현대자동차 본사로 갔다. 현대자동차 직원들은 모두 과거부터 알고 있는 분들이라 어색하지는 않았으나, 그들은 무슨 영문인지 몰라 의아해하였다. 정 회장은 사장실로 들어가, 전 중역 집합을 하라고 명령하였다. 중역은 사장, 전무 1인, 상무 2인. 이사 3인 모두 7인이었다. 당시 현대자동차 사장은 정 회장의 셋째 아우인 정세영 씨였다. 정 회장은 정세영 사장으로부터 대략의 업무보고를 받은 뒤, 나를 소개하였다. "여기 이종영 씨는 정인영 사장이 아주 아끼는 사람이다. 내일부터 서로 잘 협조하여 일하여라." 하고 말씀하시고 떠나가셨다.

다음날 나는 이사로 발령받아 근무하게 되었다. 상무에서 이사로 강등되었지만, 새로 일하게 된 현대자동차는 현대양행보다 큰 회사이니 별로 불평할 일은 아니었다. 나에게는 곧바로 새로운 임무가 부여되었다. 대형 주물공장을 건설하라는 것이었다. 당시 현대건설은 일본의 고베제강(神戶製鋼) 주식회사와 주물에 대한 기술 제휴를 한 상태였다. 나는 즉시 여권과 비자를 얻어 영국·독일·프랑스·이탈리아 등 유럽 여러 나라의 주강(鑄鋼) 주물 시설 공장을 방문, 생산품 및 생산 규모를 조사하고 돌아왔다.

고베제강에서도 기획부장이 내한하여, 나와 여러 가지 앞으로의 계획을 협의하였다. 하루는 그와 함께 경복궁 내에 있는 박물관으로 들어갔다. 삼국시대에 제작된 유물들을 하나하나 관람하고, 이어서 고려시대의 유물을 관람하였는데, 불상(佛像) 주조 유물을 보더니 나에게 말하였다. "리 상, 저 부처님을 보십시오. 1천 년 전에 이미 훌륭한 주조 방법으로 부처님을 만들었습니다. 천 년 전부터 저런 훌륭한 주조 기술을 가지고 있었는데, 왜 지금 우리한테 주조 기술을 가르쳐달랍니까?" 자세히 보니 부처님은 아주 얇은 두께로 쇳물을 녹여 만들었다. 지금도 그리 만들기가 쉬운 것이 아니었다.

우리 조상님들은 정말로 훌륭하시다. 경주에 있는 성덕대왕신종(에밀레종)만 해도 그렇다. 당시 서울공대 염영하 교수님이 종 박사로 유명하였는데, 그가 말하기를 아무리 연구하여 재현해 보려고 해도 에밀레종 소리가 안 나온단다. 그리고 그 시절 그 무겁고 큰 사이즈의 종을 어떻게 주조하였는지 신기하다고 실토하였다. 1985년 보신각종을 염 교수님의 지도하에 새로이 주조하였는데, 종소리가 에밀레종만 못하였다. 또한 유럽의 구텐베르크가 금속활자를 세계 최초로 발명하였다고 선전하고 있으나, 그보다 훨씬 전에 우리 조상은 금속활자를 만들었다. 또 5백년 전에 만든 한글은 오늘날에도 타의 추종을 불허하는, 과학적이고 쓰기 편한 문자가 아닌가. 나는 저절로 우리 조상님들의 훌륭한 기술을 전수하지 못한 부끄러움과 안타까움을 새삼스럽게 느끼었다.

현대에서 주물공장 건설을 추진한 데는 이런 일화가 있었다. 일전에 박정희 대통령이 울산조선소에 시찰을 왔을 때, 정주영 회장이 "각하! 저 넓은 공터에 주물공장을 크게 지어 대량의 주물품을 수출하겠습니다." 하니 "좋은 생각이야." 하며 "그리해 보라." 말하였다 한다. 당시 수출 증대는 국가 지상목표의 하나였다. 그러나 정 회장이 얘기한 이런 정보는 잘못된 것으로, 세계 어디를 돌아보아도 주물품은 대량 생산되는 품목이 아니었다. 주철 주물은 자동차 엔진공장에서 많이 사용되는데, 주강제품은 연산 1만 톤이 세계에서 가장 큰 공장이었다. 일본 기술자가 와서 협의한 결과, 첫해에는 연 5천 톤부터 생산하고 차차 늘리자고 하여 그대로 사업계획서를 작성하였다. 이를 정 회장께 보고하니, 회장은 당장 중지하라고 하셨다. 배 한 척에 수천만 불인데 고작 1년에 몇 백만 불의 생산계획이라니, 회장님 마음에 찰 리가 있나! 결국 나는 이 사업을 접을 수밖에 없었다. 이후 나의 임무는 포니 승용차 생산에 필요한 기계공장·주물공장·단조공장의 건설계획으로 변경되었다.

포항제철이 산업화에 미친 영향

　오늘날 문명국가 혹은 문화국가를 정의하는 방법은 여러 가지가 있겠으나, 그중에 국민의 1인당 철 생산량과 1인당 종이 소비량으로 가늠하기도 한다. 1인당 철 생산량이 0.5톤, 1인당 종이 소비량이 연간 300g이면 문명국 문화국민이라고 칭한다고 한다. 오늘날 우리나라 인구가 5천1백만이고 철의 생산량이 3천만 톤 이상이니 확실히 문명국가이고, 종이도 연간 1인당 소비량이 300g 이상이라 생각되니 문화국가임이 틀림없을 것이다. 그런데 우리나라의 철 생산량 확대에 커다란 역할을 한 것이 포항제철이었다.

　포항제철은 대일 청구권 자금으로 1968년에 건설되기 시작하여, 일본의 여러 제철회사들의 도움을 받아 1970년 준공되었다. 냉연강판(冷然鋼板 cold rolled steel sheet:자동차 차체·계측기·전기제품 등에 사용), 후판(厚板 plate:두께 3㎜ 이상의 강판), 빌레트(billet: 완제품을 만들기 위한 중간 단계의 압연품 중 하나) 등이 주요 생산 품목이었다.

포항제철의 박태준 회장은 엄격하고 철저하기로 유명한 분이었다. 포항제철 건설 당시, 공사 하청 작업에 선정된 회사들이 웃으며 들어갔다 울고 나온다는 말이 있을 정도였다. 공사업체로 선정되어 제철공장 건설에 참여하게 되니 웃었으나, 막상 공사 일을 하려니 공사 감독이 너무나 엄격하고 철저하여 견디기 어려웠다고 한다. 조금만 작업이 지연되어도 불호령이 떨어지고, 조금만 물품 반입이 늦어도 야단법석이 났다고 하여 울고 나온다는 일화가 생긴 것이다. 포항제철 주식회사는 그 자체만으로도 산업화에 큰 역할을 하였다. 오늘날 대한민국이 세계에서 선박 생산 제1위가 된 것도 포항제철에서 후판 철판을 다량으로 공급할 수 있었기 때문이었다. 또한 박판(薄板 sheet:두께 3㎜ 미만의 강판으로 자동차 차체를 만드는데 사용) 생산을 통하여 자동차 제조업에도 크게 기여하였으니, 우리나라가 세계 5위의 자동차 생산국이 된 것도 그 덕택이다. 그리고 빌레트를 생산하여 다량의 철근을 공급함으로 건축 교량 등에 공사를 할 수 있도록 지원한 일도 한국의 산업화에 크게 공헌한 것이다.

2

포니 승용차와 버스,
트럭 생산 공장 건설을 담당하다

주물공장 건설이 취소되고 나서, 나는 즉시 포니 생산에 필요한 엔진공장 건설을 담당하게 되었다. 현대자동차는 생산 첫 해 국산화율 30%로 생산을 시작한 이래, 매년 국산화율을 높여왔지만, 수입 부품의 총액은 감소하지 않았다. 왜냐하면, 포드 회사가 해마다 현대자동차에 공급하는 부품 수는 줄여도 부품 단가를 올려서 전체 수입 금액이 감소하지 않은 까닭이었다.

내가 현대자동차에 입사한 1974년 무렵에는, 현대자동차에서 생산하는 버스는 엔진과 트랜스미션(transmission:변속기) 등 극히 일부를 제외하고 모두 국산화하였고, 트럭도 캡(cab:트럭의 운전실)과 엔진, 트랜스미션을 제외하면 모두 국산화하고 있었다. 그리하여 자동차의 차체와 엔진, 트랜스미션만 만들면 100%의 국산 부품으로 자동차를 생산하게 되는 것이었다. 차체는 대형 프레스를 설치하고 금형만 외주 제작하면 되지만, 엔진은 제작이 그리 간단한 것이

국산1호 포니 승용차(서울생활사박물관)

아니었다. 우선 주물공장이 있어야 하고 단조(鍛造:고체인 금속재료를 두드리고 눌러 물건의 모양을 만드는 일) 공장이 있어야 하며, 기계 가공 공장이 있어야 한다. 나는 이 3개 공장을 기획, 건설하는 책임을 맡게 되었다. 엔진만 만들 수 있으면 승용차는 물론 버스 트럭도 자연히 완전 국산화가 이루어지는 것이다.

이때 트럭 생산과 관련된 에피소드가 하나 있다. 트럭도 영국 포드 회사로부터 부품을 수입하여 국내에서 조립하여 판매하고 있었는데, 적재 하중 6톤의 차였다. 적재함은 국산화하고 있었는데, 정 회장의 이상한 욕심이 발동하여 적재함을 원래의 규격보다 몇 미터가량 더 늘리라는 명령을 자동차 설계실에 한 것이다. 적재함을 늘리면 차 가격도 올릴 수 있고, 화주도 화물을 더 많이 운반할 수 있으니 일석이조(一石二鳥)라는 것이 회장님의 생각이었다. 이론상으로는 그럴듯했다.

설계실에서 명령대로 적재함을 늘려 설계하고, 설계대로 제작하여 트럭을 판매하였다. 이 트럭을 구입한 차 주인은 또 욕심이 동하여 적재함에 화물을 가득 실으니 하중 6톤 규격에 7·8·9톤, 되는대로 막 싣고 다녔다. 당시의 도로 사정은 비포장도로가 대부분이어서, 차에 무리가 가는 것은 뻔한 일이었다. 어느 날 트럭 차주 한 분이 적재함에 화물을 잔뜩 싣고 비포장도로로 운행하다, 과하중을 견디지 못하여 트럭의 동력 전달 장치가 부러져버렸다. 차주가 A/S 센터에 가니, 이 부품은 수입품이라 여유가 없어 영국으로 발주하여 입고되는 기간이 1개월 이상이 소요된다는 것이었다. 차주는 수리 기간 동안 막대한 손해를 감수하여야 하였다.

소문은 즉시 전국으로 퍼졌다. 그 후 현대에서 생산한 트럭은 한 대도 판매를 못하게 되었다. 트럭 제작 사업은 망쳐버린 것이었다. 궁리 끝에 남은 트럭 부품을 사용하여 버스를 만들고, 오지(奧地) 버스라 이름 붙여 판매하였다. 트럭 부품으로 버스를 만들었으니 털털거리는 것은 당연한 것이었으나, 오지 버스라 이름을 붙인 덕에 승객들도 크게 항의를 하지는 않았다.

어쨌든 나는 승용차 국산화 작업에 참여하였다. 이렇게 해서 탄생한 차가 포니였다. 포니의 스타일링(자동차의 외부-내부 모양)은 이탈리아의 자동차 디자이너 조르제토 주지아로(Giorgetto Giugiaro)라는 사람이 맡았다. 이 스타일링대로 설계하여 시제품을 만든 회사는 그가 대표로 있던 이탈디자인(Italdesign)이라는 곳이었다. 포니 승용차의 제작 감독은 기술 제휴가 되어 있던 미쓰비시 자동차 회사가 맡았고, 생산 규모는 연산 5만대로 계획되어 있었다. 엔진은 일본의 미쓰비시가 사용하는 모델을 택하였다.

나는 생산 공장에 들어가는 설비 구매를 위하여 영국 런던으로 출장을 갔다. 런던에는 현대자동차의 업무 사무실이 있었기에 여기서 합숙하며 여러 공장을 방문하고 필요한 기계의 사양과 가격을 협의하고자 하였다. 방문할 회사에 일일이 전화를 걸어 방문 목적을 설명하면, 그 회사 담당자가 어디서 기차를 타고 어느 역에서 갈아타고 어디로 오라고 말해주었는데, 나의 영어 실력이 짧아 그 내용을 다 알아들을 수가 없었다. 그가 말하는 가운데는 지명도 있을 것이고 기차의 노선 이름도 있을 것이니 내가 무슨 수로 다 알아듣겠는가.

　겨우겨우 찾아간 다음에는 또한 매일 업무 결과를 본사에 보고하여야 하였다. 통신수단이 지금과 달라서 당시에는 팩스도 없어서, 보고 내용을 타이프로 쳐서 펀칭한 다음 텔렉스(Telex:전신타자기들을 공중교환전화망처럼 연결해서 메시지를 주고받는 장치)로 본사에 보고해야 하였다. 현대양행 시절 출장을 다닐 때는 이런 일은 담당 부서에서 해주었는데, 이번에는 이런 일을 직접 해야 해서 점점 뒷골이 먹먹하기 시작하였다. 종내에는 정말로 머리가 돌 지경이었다.

　당시 영국에서는 노동자들이 툭하면 파업하기도 하여, 방문 계획에 차질이 있을 때도 있었다. 어느 사장에게 "영국은 선진국인데 왜 이리 노동자들의 파업이 많은가?" 하고 물으니, 그가 대답하기를 "산업혁명 이후 국가가 잘 되는 것은 노동자 자신과는 무관하다고 생각하기 때문이다"라고 하였다. 이래저래 나는 머리가 뻐근하기가 더하여, 껌을 사서 씹어도, 담배를 사서 피워도, 출장지 주변에 있는 피카디리 공원을 산책하여도 소용이 없었다. 인간이 자기 힘으로 해결할 수 없는 극도의 스트레스가 쌓이면 극단적인 생각까지 하게 된다고 한다. '아, 이래서 인간이 미치는구나! 아, 이래서 인간이 자살도 하는

구나! 여기서 내가 미치면 어떻게 되지! 여기서 죽으면 어쩌지.' 별의별 생각이 다 들었다.

나는 정세영 사장에게 텔렉스로 영국은 모든 것이 비싸서 일본으로 가야겠다고 보고하였다. 영국 기계와 설비들이 생각보다 비싸기도 했다. 하기야 비교하자면 일본보다 비싼 것도 있고 또한 싼 것도 있겠으나, 나의 스트레스 해결이 우선이기에 그리 보고한 것이다. 다행히 즉시 일본으로 가서 일을 보라는 답이 왔다.

런던에서의 3개월 생활을 마치고 일본으로 건너갔다. 이제 살 것만 같았다. 우선 식사도 입에 맞고, 한국으로 연락하기도 편하고, 무엇보다 언어가 잘 통하니 모든 것이 순조로웠다. 일본은 이미 수십 번을 다녀간 경험이 있어서 일본의 역사 지리 풍속 문화 등에 내 나름대로 익숙하였기 때문이다. 일주일이 지나니 뒷머리도 가라앉고 마음이 아주 편하였다.

일본에 도착한 뒤 우선 미쓰비시 자동차가 소개하여준 단조(鍛造) 공장을 방문하였다. 주물공장과 기계공장은 이미 기술 제휴가 되어 있었으나, 단조공장은 아직 되어 있지 않았다. 미쓰비시 측에 협의 파트너로 적당한 공장을 연결해 달라고 요청하였고, 연결된 공장에서는 부장이 대표로 나왔다. 나는 그 부장에게 제휴서 원안을 작성하여 달라고 하였다. 그런데 그는 펜을 든 채 한 시간을 기다려도 꼼짝하지 않고 그대로 앉아 있는 것이었다. 아마도 그리 큰 회사가 아니어서 그런 일을 해본 경험이 전혀 없는 것 같았다. 나는 내가 작성하여도 좋으냐고 물었다. 그의 동의를 받은 나는 펜을 들고 두 회사명과 상호 협조 내용을 기록하기 시작하였다.

상대방 부장의 동의를 얻으면서 협의한 내용은 대략 다음과 같았다. 일본 단조 회사가 현대자동차에 제공하는 엔진 단조품은 크랭크 샤프트(Crank shaft:자동차 피스톤의 왕복운동을 회전으로 변환하는 엔진의 운동부품)와 커넥팅 로드(Connecting Rod:피스톤과 크랭크 샤프트를 연결하는 봉)로 한다. 일본의 단조 회사는 우리에게 단조 공정에 필요한 해머의 사양 및 가격, 가열로의 설계도, 단조용 금형을 제공한다. 또한 일본 측은 단조 기술자 한 명을 파견하며, 우리 측 인원 2명을 6개월간 일본에 보내서 연수받기로 하고, 이에 따른 기술료는 우리가 도입하는 기계 금액에 포함시킨다. 이러한 내용으로 그 회사 사장과 상호 서명을 마치고, 며칠간 필요한 업무를 더 본 후에 귀국하였다.

이제부터는 공장건설이다. 울산에 있는 공장 부지를 살펴보니, 주물공장의 위치는 별문제가 없어 보이는데 기계공장 건물 예정지는 문제가 있다고 느꼈다. 군데군데 물이 고여 있고 물속에는 자갈이 깔려 있었다. 이곳은 갯벌을 성토(成土)한 곳이었다. 여기에도 큰 내력이 숨어 있었다. 현대자동차 공장 건설 훨씬 전인 1966년, 울산에 한국비료 공장의 건설이 계획되어 있었다. 이곳에 대형 선박이 입항하기 위해서는 바다 바닥을 준설(浚渫:바닥을 파내는 작업)하여야 했다. 이 공사를 현대건설이 수주하게 되었다. 현대건설은 이미 호주에서 준설공사를 한 경험이 있고 그때 사용한 준설선이 있어서 정부 입찰에서 쉽게 낙찰받았던 것이다. 바다의 바닥을 준설하면 거기서 많은 흙이 나오는데, 그 흙을 버릴 곳을 찾다가 택한 곳이 맞은편 갯벌이었다. 즉시 정부의 승인을 얻어 성토(盛土)한 곳이 후일 현대자동차 공장을 건설한 공장 부지였다. 현대자동차로서는 수십만 평을 거저 얻은 것이다. 정말로 '꿩 먹고 알 먹고'라는 말이 이런데 쓰이는 것이 아닐까.

 한국비료 공장건설은 삼성물산이 진행하고 있었다. 여기에도 재미있는 일화가 있다. 삼성이 공장 부지를 정하고 대지 조성을 하고 공장건설을 완료한 후 뒷산에 영빈관을 지으려고 하는데, 울산에 살고 계신 노인 한 분이 찾아와 전날 꿈에 이무기가 곧 용이 되어 경주 쪽 앞산으로 날아가고자 한다고 하여 영빈관을 짓지 말라고 하였단다. 미신 같은 이야기라 다 무시하고 불도저로 땅을 미는데 큰 구렁이가 불도저 삽날에 잘려지며 피가 운전기사 안면으로 튀었다고 한다. 그 후에 운전기사는 사망하고 그 자리에 작은 뱀들이 계속 나와서 불을 놓아 뱀의 출현을 막았다고 한다.

 그렇게 한국비료 공장 건물을 완성하고, 구역 내 뒷산 정상에 2층 영빈관을 건립하고 있었다. 2층 건물이 골조 공사만 이루어져 있을 무렵, 건설자재를 일본으로부터 도입하는 와중에 사카린을 건설자재에 숨겨 밀수입하다 발각되는 사건이 터진 것이다. 이를 사카린 밀수사건이라 부른다. 이병철 회장의 둘째 아들 이창희 씨가 사건의 총대를 메고 투옥되었으며, 삼성은 비료공장을 정부에 헌납하였다. 노인의 꿈 이야기는 믿거나 말거나의 미신 이야기이지만, 영빈관의 골조 공사는 그 후 수년간 방치되어 울산의 경관을 추하게 하였다.

 다시 본론으로 돌아와, 엔진 가공공장 건설 부지가 갯벌의 성토로 이루어진 곳이라 불안하게 생각한 나는, 정주영 회장께 파일을 박고 건물 공사하기를 건의하였다. 그러나 정 회장 왈, "네가 토목에 대하여 뭘 안다고 그래, 물 고인 땅 아래는 더 단단한 것을 몰라!" 하고 핀잔만 받았다. 그러나 아니나 다를까, 공장 건물을 완성하여보니 기둥이 좌우로 전후로 흔들흔들 따로 놀고 있었다. 1층 건물이니 망정이지 2층 이상이면 대형 사고가 날 수도 있었다. '원숭이도 나무에서 떨어지는 일이 있다더니 우리 회장님 실수할 때도 있네'라고 속으로 생각하였다. 결국 공장 내부 모래에 기둥을 수없이 박아서 겨우 지반을 안정시키고, 기계를 설치하여 엔진 가공공장을 완성하였다. 이후 주물공장, 단조공장도 차례로 완공되었다. 일본으로 훈련 보낸 기사들도 속속 귀국하여 각자 맡은 바에 따라 배치되었다.

이때 단조공장 책임자인 조용이 차장이 일본으로 출장 가면서 나에게 200달러만 달라고 하였다. 무엇 때문이냐고 물으니 나를 위하여 골프채를 사 오겠다는 것이었다. 그는 싱글 스코어(singl score)로 플레이하는 우수한 골프 플레이어였다. 당시 골프는 플레이하는 사람도 별로 많지 않았고, 골프 클럽은 국산품이 없어 전부 고율의 관세로 수입하였으므로 매우 고가로 판매되고 있었다. 며칠 후 귀국한 그는 골프채는 물론 골프 가방과 신발까지 완비하여 나에게 주며 연습장에 가자고 하여 함께 갔다. 내가 연습하는 모습을 보더니 "잘 치십니다. 소질이 있습니다."라고 말하며 내가 흥미를 갖도록 치켜세우는 것이었다.

며칠 후 일요일에 그와 나, 그리고 우리 공장에 기술 지도로 온 일본인 책임자 다카하시 씨와 다른 한 명이 함께 부산골프장으로 플레이하러 나갔다. 지난날 미국에서 창피당한 일을 생각하며 성심껏 플레이하였으나 역시 제대로 될 리가 없었다. 친 공이 이리저리 가는 바람에 자연히 진행이 늦어지게 되었다. 바로 따라오던 뒷 팀이 우리에게 빨리 가라고 소리쳤다. 이렇게 말하는 것은 골프 에티켓에 어긋나는 일이 아닌가. 동행한 직원은 에티켓을 잘 아는 사람이라 뒷 팀에게 맞받아쳤다. "어디다 대고 큰소리치는 거야! 예절도 모르는 것들."

그 이상 시비는 없었다.

그런데 이게 웬일인가! 다음날 아침 현대자동차 공장장이 나에게 말하기를, 어제 뒷 팀에서 소리 지른 사람이 중앙정보부 영남지부 지부장이란다. 당시의 중앙정보부 지부장이라면 하늘을 나는 새도 떨어트린다는 막강한 권력을 가졌던 시절이었다. 그는 플레이가 끝난 뒤, 앞에서 치던 우리의 명단을 파악하여 사람들의 신원조사를 한 다음, 나에게 사과하러 오라는 것이었다. 어이가 없는 일이지. 정세영 사장께 그런 사실을 이야기하니, 사장님이 말하기를, "권력자의 세도는 그런 것"이라며 "공장장을 통하여 미안하다고 전하는 것이 좋겠다."고 하여 그렇게 하고 겨우 마무리를 지었다.

여하간에 차체 제작공장, 엔진 가공공장, 주물공장, 단조공장 등이 완성되어 정상적으로 제품 생산이 시작되었다. 모든 공장을 동시에 가동하기 위하여 엔진 완성품 500대, 엔진주물 가공된 것 500대, 주물품 500대, 단조품 500대를 일본 미쓰비시 자동차로부터 미리 수입하여 놓았다. 전 공장이 일시에 가동될 수 있도록 계획한 것이었다.

주물공장에서는 처음으로 엔진의 본체인 주물을 내놓았는데, 일본인 주물 담당 감독자 다카하시 씨가 전부 불합격 판정을 내렸다. 그러자 우리 공장 주물 담당 이수일 과장이 나에게 와서 "우리 제품이 일본 수입품보다 더 잘 나왔는데 왜 불합격이라 하느냐, 일본인 감독자에게 항의하겠다."고 하였다. 주물 담당 이 과장은 서울공대 금속과를 졸업한 수재였는데, 우리가 주조한 제품과 일본에서 수입한 제품을 연구실로 가져와서 파괴하여 여러 가지로 비교, 분석하였다 한다. 내가 일본인 감독자에게 이런 사실을 말하자, 자기도 불합격이라 생각하지는 않지만, 처음부터 합격이라 하면 자만심이 생겨 좋은 제품을 낼 연구를 하지 않으니 그대로 불합격으로 말하여 달라고 하였다. 결국 다시 주조하는 것으로 하였다.

이제 남은 것은 완전 국산화에 성공한 승용차의 이름을 정하는 것이었다. 전국적으로 차 모델명을 모집하였다. 응모된 차 이름에는 거마, 가마, 너랑 나, 포니 등 별의별 것들이 다 있었다. 이 중에서 몇 개를 추려 회장님이 결정하도록 보고를 올렸고, 최종적으로 포니로 결정되었다. 이리하여 드디어 완전 국산 승용차가 탄생하였다. 이후 디젤엔진도 국산화되어 버스와 트럭이 모두 완전히 국산화되었다. 훗날 내가 중동으로 출장을 간 일이 있는데, 탔던 택시가 마침 포니 승용차여서 "차가 어떻냐?"고 기사에게 물은 적이 있었다. 그는 "참 좋은 차"라고 하면서 "70만㎞를 운행하였어도 아직도 문제가 없다."고 하였다.

3

전화위복(轉禍爲福),
부동산 투자로 생각지도 않은 이득을 보다

전화위복이라는 말이 있다. 닥쳐온 화가 오히려 복으로 바뀌었다는 말이다. 현대양행을 사직할 때, 나의 자존심이 발동하여 순간적으로 사표를 제출하였고, 그 사표는 당일로 수리되었다. 이제 막상 사표 수리가 되니, 내게 닥친 가장 우선적인 문제는 이사하는 것이었다. 당시 안양 현대양행 사택에 살면서, 서울 동작구 상도동에 대지 40평에 건물 20평짜리 작은 집을 하나 마련해 갖고 있었다. 항상 품고 있는 나의 소신 중의 하나는, 집은 크든 작든 갖고 있어야 한다는 것이다. 과거에 전세로 살 돈도 없어 월세 생활을 하면서, 만약 갑자기 직장을 잃게 되면 주거 문제가 제일 큰 걱정이라는 것을 뼈저리게 경험한 까닭이었다.

그리하여 처음으로 집을 장만했던 것이, 인천공작창 근무 시절 용산역 부근에 대지 20평에 방 둘, 마루 부엌 합하여 12평짜리 집이었다. 비록 움막같이 작은 집이었으나, 그것을 장만하였을 때 누린 기

뿜은 지금 사는 큰 집을 가진 것보다 더 크고 좋았다. 현대그룹에 입사한 후, 현대양행 안양공장에서 근무 시 회사에서 제공하는 사택으로 이사하면서 이 작은 집을 팔고 새로 집을 사기로 하였다. 새로 장만하려면 최소 먼저 가졌던 집보다는 커야 한다고 생각했지만, 가진 돈이 적어 고민이었다. 그러던 중에 마침 같은 직장 동료의 부친이 건축업을 하였는데, 상도동에 많은 주택을 짓고 팔다 남은 집이 있다고 하였다. 그리하여 시세보다 약간 싼 값으로 은행 대출을 소개받아 구매한 것이 현대양행 퇴직 시 소유하고 있던 대지 40평짜리 집이었다.

집을 산 뒤 바로 타인에게 전세를 주었는데, 임차인이 살면서 제대로 관리도 수리도 안 하여 내가 안양공장 사직 후 가보니 형편없는 가옥이 되어 있었다. 그래도 이 집으로 이사할까 생각하던 중, 지인 한 분이 말하기를, "집은 조금 커야 마음이 안정되고 꿈을 가질 수 있으니 큰 집을 사서 이사하라"고 조언을 하는 것이었다. 그래서 사직서를 제출한 후에 받은 퇴직금과 저축으로 갖고 있던 약간의 돈을 합하여 이전보다 좀 큰 집을 구매하여 이사하였다. 그 즉시로 먼저 집을 부동산에 내놓으니 2백 50만 원에 사겠다는 사람이 있어 팔아버렸다.

이 돈으로 일단 대지를 사려고 시세를 알아보니, 쓸 만한 주거지는 평당 10만 원, 산 중턱에 있는 대지는 평당 5만 원 선이었다. 집 판 돈으로는 쓸 만한 주거지는 한 25평, 그렇지 않은 것은 한 50평 정도 살 수 있었는데, 모두 맘에 안 들었다. 가장 땅값이 싼 곳을 찾아보다가, 지금의 금천구 독산동에 싼 매물이 나와 있다고 하여 가보았다. 이곳에 있는 논 380평이 평당 8천 원이라는 것이었다. 논 옆에 작은 개울이 있었는데, 근처 한우 도살장에서 나오는 가축의 붉은 피가 흐른다고 하여 땅값이 싼 것이었다. 이 땅을 사고자 하였으나, 돈이 많이 모자랐다. 마침 과거 잠깐 교직 생활 시에 가르쳤던 제자(한영제약 신완균 전무) 중에 약국을 개설하여 돈을 모은 이가 있어서, 그 제자에게 독산동 땅을 공동 구매하자고 제의했다. 제자가 수락하여, 내가 전체 금액의 40%를, 제자가 60%를 출자하여 이 땅을 사두었다. 그리고 나서, 앞에 말한 대로 나는 현대자동차로 전직한 것이다.

포니 승용차 생산공장 건설을 위하여 울산에서 근무하고 있을 때, 그 제자로부터 전화가 왔다. "선생님, 독산동 땅 사려는 사람이 있는데 평당 5만 원을 준데요." 아니 논을 산 날짜가 겨우 8개월인데 도대체 몇 배가 오른 건지, 이거야말로 큰 횡재가 아닌가. 우리는 바로 그 땅을 팔아버렸다. 땅 판 돈으로 대토(代土)를 마련하려던 중에, 울산공장에 내 밑에 소속되어 일하던 조용이 차장이, 하루는 "상무님 저 어제 인천에 땅 사놓았어요" 하고 자랑하였다. 자기의 처삼촌이 건축업을 하는데, 그의 소개로 땅을 구매하였다는 것이다. 내가 "당신 혼자만 땅 샀다고 자랑하지 말고 나도 좀 알아봐 줘." 하고 말하니, "정말 알아보란 말입니까?"라고 되물어서 "그럼 정말이지."라고 대답하였다. 며칠 뒤 그 차장이 말하기를, "삼촌께 연락이 왔는데 주안에 파는 논이 있대요, 800평이래요. 괜찮으시면 다음 일요일에 가보시지요."라는 것이었다. 울산에서 근무하다 보니 일요일이 되어야 시간이 있었기 때문이었다. 일요일에 일부러 서울에 올라와서 인천에 가보니 넓은 논이었다. 나는 제자에게 연락, 우리는 이것을 평당 1만 2천 원에 구매하여 등기하였다.

그리고 나서 나는 열심히 포니 승용차 생산 공장건설에 열중하였다. 정신없이 일하는 중에 서울 제자로부터 전화가 또 걸려 왔다. "선생님, 인천 논 사려는 사람이 있는데 평당 4만 8천 원 준대요." 이것도 땅을 사고 나서 불과 9개월밖에 안 되는 시점이었다. "팔자!" 그리하여 우리는 이 땅도 처분하였다. 구매한 지 모두 1년 이하라 양도세도 없었다. 제자와 나는 두 번 모두 횡재를 하였는데, 이는 공교롭게도 두 번 다 구입한 즉시 도시계획이 발표된 덕분이었다. 내가 갖고 있던 적은 돈이 큰 밑천이 된 셈이었다. 내가 머리가 좋은 것도 아니고, 부동산을 연구한 일도 없고, 그 분야 전문가도 아닌데 말이다. 더구나 도시계획이 이루어진다는 것도, 내가 미리 알지 못했던 사실이었다. 나는 운이 좋았던 것이다.

제자는 땅 판 금액을 투자 비율로 나누자고 하였다. 비율대로 내가 받은 돈으로는 서울 강동구 길동에 토지를 사놓았다. 나의 머릿속에는, 항상 뜻하지 않게 퇴직이 될 때는 즉시로 건축업을 하겠다는 생각도 있었다. 《명심보감》에 '시래풍송등왕각(時來風送藤王閣)'이란 구절이 있는데, '때가 되면 바람이 등왕각(藤王閣)으로 향하여 불어온다'라는 뜻이다. 옛 고사(古事)에, 어느 선비가 학문이 능숙하여 과거를 보면 반드시 합격할 수 있는 실력이었지만, 시골에 사는 처지라 과거시험 날을 늦게 알게 되었다는 것이었다. 해서 '등왕각'에서 보는 과거시험 날짜에 맞춰 도저히 도착할 수가 없었다. 그 선비가 한탄하고 있는데, 마침 바람이 불어서 배를 띄우니 등왕각 쪽으로 바람이 어찌나 세게 부는지 단숨에 과거장에 이를 수 있었다. 그리하여 과거시험에 합격하는 영광을 누렸다는 고사다. 즉 '시래(時來)'라는 말은 '운이 오면'이라는 뜻이다.

반대로 '운퇴뢰굉천복비(運退雷轟薦福碑)'란 구절도 있다. 이는 '운세가 물러가면 우레가 천복비(薦福碑)를 깨트린다'라는 말이다. 이 구절도 고사성어인데, 나라에서 큰 비석을 세워 여기에 내용을 깊이 새기려고 널리 유명한 조각가를 구하기로 공고하였다. 이때 한 명인이 여기에 지원하면 반드시 성공하리라는 확신을 갖고 조각장까지 도착하였는데, 와 보니 전날 큰 비가 내리고 벼락이 쳐서 비석이 깨져 있더라는 내용이다. 즉 운이 다하면 쉽게 될 수 있는 일도 망친다는 고사이다. 사람이 태어나면 일생에 세 번은 운이 온다고 하였다. 나도 이때 세 번의 운 가운데 한 번이 온 것이다. 직장을 사직했으나 바로 새 직장을 구한 일과, 관리를 못해 아주 헌 집이 되어버린 집을 몇 푼 안 되는 금액으로 처분한 것이 오히려 훗날 큰돈으로 불어난 종잣돈이 된 일이다. 화가 도리어 복이 된 것이니, 곧 전화위복이었던 셈이다.

4

포니 승용차 영업활동을 시작하다

포니 승용차 공장의 생산 규모는 연 생산 5만 대 정도였다. 포니를 5만 대 정도 생산할 수 있는 설비를 갖춘 공장이었다. 그러나 생산한 5만 대를 바로 모두 판매한다는 것은 하나의 희망이요, 꿈이었다. 처음에는 1만 대도 판매하기가 어려웠다. 생산 공장에 투자가 많이 되었으니 걱정이 많아진 회사에서는, 기계를 잘 아는 나에게 자동차나 부품 영업을 해보지 않겠냐고 제의하였다. 나는 엔진주단 사업부라는 부서를 만들고, 조용이 차장을 데리고 영업활동에 나섰다.

마침 호주에서 자동차 부속품을 생산하는 회사의 회장이 주물품을 구입하려고 한국에 왔다는 소식을 들었다. 그 회장이 모 한국 주물 제조회사로부터 1개당 15달러의 견적을 받고 너무 높은 가격에 깜짝 놀라 그냥 귀국한다는 정보였다. 모 주물 제조회사는 시설이 완비되지도 않았고, 수출 경험도 없어 국제 시세를 잘 모르는 상태에서 견적서를 낸 것이었다. 나는 그 회장을 찾아가 면담을 하고 개당 4달러의 견적서를 내어 수주에 합의하였다. 우리 공장은 자동차 부품 제조 전문 주물공장으로 대략의 생산비를 알고 있었다. 계약서에 사인을 하는 자리에서, 호주의 회사 회장은 나와 차장 두 사람을 초청하면서, 비행기 티켓 값을 자기가 부담하겠다고 말하였다. 나는 그에게 "초청에 응하겠지만, 비행기 요금은 우리가 부담하겠다."고 하고, 2백만 달러 수출 계약에 합의하였다.

　며칠 후 우리 두 사람은 호주와 뉴질랜드의 입국 비자를 발급받고 비행기 티켓을 구입한 뒤 호주 시드니 공항으로 출발하였다. 공항에 도착하여 출구로 나오니, 호주 회사 회장이 직접 우리를 환영하러 와 있었다. 그의 승용차로 지방에 위치한 공장으로 이동하였다. 제법 큰 회사로, 여러 가지 자동차부품을 생산하고 있었다. 그날 밤 그가 정해준 호텔에서 숙박하고, 다음날 회장이 준비하여 놓은 골프 장비를 갖고 골프장으로 이동하였다. 골프장은 바로 공장 옆에 있었는데, 놀랍게도 그의 개인 소유였다. 참으로 넓은 나라임을 실감하였다. 나는 여전히 골프가 서툴렀지만 동행한 차장은 싱글 골퍼여서 하루를 즐겁게 지냈다. 다음날 아침에 그의 승용차로 다시 시드니로 이동하였다.

　이동 중에 본 호주의 자연환경은 너무나 아름다웠다. 숲속에서 캥거루들이 뛰어놀고 있었으며, 처음 보는 색다른 조류들도 많았다. 하루 종일 시내 관광을 하고 저녁에 회장이 정해준 호텔로 왔다. 저녁 식사를 마치고 밖으로 나오니, 거리가 휘황찬란하여 눈이 부시고 네온사인이 여기저기에서 관광객을 유혹하고 있었다. 그런데 거리 모퉁이에 일정한 간격을 두고 한 사람씩 서 있는 머리 노란 아가씨들이 눈에 띄었다. 나중에 안 사실이지만 이 거리는 홍등가였다. 회장이 일부러 이런 곳에 호텔을 잡아준 모양이었다. 거리 모퉁이에 서 있는 아가씨들은 콜걸들이며, 대부분 경찰관을 끼고 영업하고 있다는 것을 택시 기사를 통하여 알게 되었다.

다음날 아침 우리는 시드니 공항을 나가서 비행기를 타고 뉴질랜드로 향했다. 뉴질랜드 공항에 도착하여 통관 절차를 밟는데, 공항 직원이 나의 트렁크를 열어 보더니 갑자기 트렁크에서 골프화를 꺼내 들었다. 전날 호주에서 골프 플레이를 하고 난 다음 회장이 호주 기념품으로 골프화를 가지고 가라고 하여 준 것이다. 그는 어디론가 골프화를 가져갔다가 다시 갖고 왔다. 알고 보니 골프화에 약간의 흙이 묻어 있어서 이를 소독하여 갖고 온 것이었다. 뉴질랜드는 철저한 낙농 국가라, 방역을 위한 조사에 추호의 빈틈도 없었다.

뉴질랜드에서는 우리 제품을 구매할 만한 한 두 회사를 방문하였으나 별로 소득은 없었다. 관광길에 나섰다. 이곳은 가도 가도 양떼들, 눈감았다 뜨면 보이는 것이 양떼들이었다. 뉴질랜드는 영국의 식민지였다가 세계 제2차 대전 이후 1947년에 독립하였다고 한다. 뉴질랜드는 북쪽과 남쪽 섬 2개로 이루어져 있는데, 북쪽의 섬에서는 바위에서 뜨거운 물이 군데군데 나오는 것을 구경하였고, 이후 남쪽 섬으로 가보았으나 별로 볼거리가 없었다. 관광 목적이 아니어서, 바로 북쪽 섬으로 돌아왔다. 재미있는 것이 뉴질랜드에서는 사슴도 여기저기에서 기르고 있었는데, 녹용이라는 개념이 없어 뿔이 너무 크면 잘라 그냥 내버린다는 것이었다. 소 역시 도축하면 고기만 남기고 내장은 모두 버려버린다고 하였다.

저녁에는 공연을 보러 갔다. 마오리 족이 나와 양을 눕혀 놓고 털을 깎아 주는 것을 보여주며 혀를 길게 내미는 쇼도 하였다. 주로 바닷가에 사는 마오리 족 남자들은, 내륙으로 나와 며칠 일하여 번 돈으로 바닷가 물 위에 나무집을 하나 지으면 부인 한 사람을 거느릴 수 있다고 하였다. 다음날 아침에 다시 비행기로 호주 시드니로 귀환하였다. 시드니 공항에 도착하였으나 한국으로 오는 비행기가 바로 연결이 안 되어, 우리는 택시를 타고 시내로 나와 관광을 한 다음 오후 비행기로 귀국하였다.

이렇게 영업활동에 분주하던 어느날, 정주영 회장이 울산공장에 내려와서 중역 회의를 하겠다고 하였다. 서울에 주재하는 중역들도 모두 울산공장으로 집합하고, 오전에 회의를 시작하였다. 그런데 정 회장은 중역 한 사람씩 호명하며 간단히 몇 마디 물은 다음 불호령을 내리는 것이다. 또 한 사람 호명, 또 한 사람 불호령. 별로 잘못한 것 같지도 않은데 말이다. 늦게까지 내 이름이 나오지 않아 나는 질책을 피하는가 보다 하였더니, 내 이름을 부르고 역시 불호령을 내리는 것이었다. 모두 다 이유도 모르고 박살이 났다. 왜 그랬을까. 서울에서 온 중역들은 모두 얼굴이 벌겋게 되어 서울로 돌아갔다. 이것도 하나의 용병술인가 보다.

회의가 끝난 뒤 정 회장은 현대조선소로 가셨다. 점심을 먹고 사무실에 있으려니 다시 회장님이 오셔서 나에게 사무실을 안내하란다. "이곳은 공장장실입니다. 이곳은 사장실입니다." 이렇게 안내하는데, 사장실 안내를 할 때 내가 문을 열고 있으니 안을 들여다보고 나오시다 출입문 모서리에 얼굴이 정면으로 부딪쳤다. 아이고! 정 회장은 순식간에 눈물을 흘리며 손수건으로 얼굴을 닦으셨다. "죄송합니다." 하고 말하였으나, 속으로는 "아무 잘못도 없는 중역들을 혼내셨으니 하늘이 심판하시었지!" 하는 생각도 들었다.

이 무렵 정 회장은 포니 승용차를 미국에 수출하겠다고 하시며, 필요한 준비를 해 놓으라고 지시하였다. 사장 이하 전 중역이 걱정이 태산 같았다. 미국에 있는 '리콜'이라는 제도 때문이었다. 중역들은 리콜에 걸리면 차를 몽땅 바꿔 주는 줄로 착각하고 있었다. 리콜에 걸리면 원인을 조사하여 그 리콜에 걸린 부품만 합당한 부품으로 교환해주면 되는데, 그 제도를 알지 못하여 생긴 일이다. 당시 승용차를 미국에 수출하려면, 미국 내 차량 검사소에서 시행하는 테스트에 합격하여야 수출이 가능하다는 허가를 받을 수 있었다. 그러기 위해서는 차량 20대를 제공하여 각종 성능시험을 거쳐 이상이 없다는 판정을 받아야 했다. 충격시험, 배출가스 분석, 주행시험, 안전시험 등 모든 분야에서 미국이 정한 규정에 따라 검사하는 것이다. 현대자동차에서는 포니 승용차 20대를 미국으로 보냈다. 우리는 모두 수출한 차가 나중에 리콜되느니 차라리 불합격되기를 기원했다. 그래서 1차 시험에서 불합격 통보를 받았지만, 오히려 모두 안도하였다. 이후 시행된 2차 시험에도 불합격하였다. 그 후로 미국의 리콜 제도를 잘 알게 되어, 3차 테스트에는 이 분야에 이름있는 미국 변호사를 채용, 드디어 합격이 되었다. 이후 미국 내 A/S 시설을 계속 확충하면서 많은 차량을 수출할 수 있는 길을 열었다.

5

현대중공업에서
선박용 엔진 제작 공장을 기획, 건설하다

어느날 정세영 사장이 불러서 하는 말이, 정주영 회장이 나를 보자고 한다고 하였다. 무슨 영문인지 모른 채, 지시사항을 받아 적을 노트를 준비하고 회장실로 갔다. "지금 무슨 일을 하고 있지?" 하시길래, "자동차와 부품영업을 하고 있습니다."라고 대답하니, "영업은 다른 사람이 해도 되니 선박용 엔진을 생산할 공장을 기획, 건설하라." 하였다.

선박용 엔진은 독일인인 루돌프 디젤(Rudolf Diesel)이 개발한 디젤엔진을 사용하고 있었다. 그는 가솔린엔진과 대등한 출력을 내는 엔진 이론을 고안하여 특허권을 얻었다. 독일의 MAN 사와 계약하여 1호기 엔진을 제작하였으나 실패하고, 2호기 엔진을 만들어 성공하였다. 즉시 스위스로 가서 SULZA 사와 특허권 계약을 체결하고, 덴마크로 가서 B&W 사와도 계약을 완료하였다. 이후 영국으로 특허권 계약을 위하여 가는 도중에 타고 가던 배에서 행방불명이 되었다가, 나중에 노르웨이 해안에서 시신이 발견되었다. 살해당했다는 설과, 자살했다는 설 여러 가지 추측들이 있으나 확실치는 않다고 한다.

회장님의 지시를 받은 다음날부터 나는 포니 승용차에서는 완전 손을 떼고, 현대중공업으로 가서 선박 엔진공장 건설에 전념하기 시작하였다. 우선 과장 2인(최홍준, 김옥대)을 채용하고, 선박용 엔진을 생산하는 회사를 찾아 함께 일본으로 출장을 갔다. 미쓰비시 조선소, 히다치 조선소, 가와사키 조선소 등의 선박용 엔진 제조공장을 견학하고 귀국하였다. 그런데 이들은 독일의 MAN 사, 덴마크의 B&W 사, 스위스의 SULZA 사 등과 기술 제휴하여 선박 엔진을 생산하고 있었는데, 이들과의 제휴 조건의 제약 때문에, 한국에 기술을 제공할 수 없다고 하였다. 선박용 디젤엔진은 3천~8천 마력, 8천~3만 마력, 3만 마력 이상으로 구분되었으며, 3천 마력 이하 소형엔진은 주로 소형선박이나 자동차 또는 기타 동력용으로 사용되었다.

그러므로 선박 엔진 8천 마력 이상의 원천 기술을 타 회사에 제공할 수 있는 회사는 앞서 말한 유럽의 세 회사뿐이었다. 이와 별도로 프랑스에 8천 마력 이하 선박 엔진을 제조하는 회사도 있었다. 현대 조선소는 대형엔진이 필요하여 상기 3사와 기술제휴를 이미 맺은 상태였다. 나는 과장 2인과 함께 우선 스위스로 가서 SULZA 사를 방문하였다. 책임자와 인사를 하고 생산공장을 돌아본 뒤, 엔진을 생산하는데 필요한 기계설비를 추천받았다. 다음으로 덴마크와 독일로 가서 각각 B&W 사와 MAN 사를 방문하여 또한 생산에 필요한 기계들을 추천받았다.

당시 3사의 시장점유율을 보면, SULZA 사가 60%, B&W 사가

30%, MAN 사가 10% 정도였다. 이는 각 사의 경영방식에 따라 다른 것이었다. SULZA 사는 새로운 모델을 연구하여 자체적으로 1~2대 만들어 시험하여 보고, 테스트 결과가 좋으면 제휴사에 설계도를 제공하여 만들게 하였다. 이와는 달리 MAN 사는 주로 자기 회사에서 직접 판매할 것을 위주로 하여 생산하는 시스템이며, B&W 사는 그 중간을 택하고 있었다. 스위스의 호텔로 돌아와서 3사가 추천한 기계들의 장단점을 분석해 보니 차이가 있었다. SULZA가 추천한 기계들은, 도입할 수량이 비교적 적고 투자비도 낮은 장점이 있었으나, 오랜 제조 경험과 높은 수준의 기능 보유자들이 우리에게 있어야만 제작이 가능하다고 판단하였다. 이에 비해 B&W 사가 추천한 기계들은 상대적으로 고가(高價)였지만, 장래성을 보아 우리 회사에 적합하다고 판단, 이를 택하기로 결정하고 다시 B&W 사를 방문하였다.

우리는 선박용 엔진공장의 생산 규모를 연산 1백만 마력(대당 2만 마력 기준)으로 정하였다. 이는 현대조선소가 일년 동안 건조하는 선박 수를 참작하여 결정한 것이었다. 기술자들과 엔진 생산용 기계의 이름 및 크기, 대수, 기계 제작사들의 주소 전화번호 등 견적에 필요한 제반 사항을 준비한 뒤, B&W 사로부터 추천받은 독일의 선박용 엔진 기계 제작 회사를 방문하기로 하였다. 다음날 독일의 뒤셀도르프로 가서 발드리히 지겐(Waldrich Siegen) 회사를 방문하였다.

이 회사는 대형 프라노밀러(Plano Miller:대형 공작기계의 일종) 제작회사로는 세계에서 몇 손가락 안에 꼽히는 유명한 곳이었다. 독일 내에는 이런 대형 공작기계를 만드는 회사가 2개가 있었는데, 다른 하나는 발드리히 코부르크(Waldrich Coburg)라는 회사였다.

이 두 회사는 뿌리가 같았다. 공작 기계 회사를 창건한 창업주가 이후 같은 크기의 같은 기계를 만드는 공장을 두 개를 세워 아들 형제 두 명에게 상속하였던 것이다. 이중 발드리히 지겐 회사는 상속받은 아들이 기계 계통에는 흥미가 없었던 까닭으로 사위가 대신 운영하고 있었다.

발드리히 지겐 사로부터 공작기계의 견적서를 받고, 이 회사 직원의 안내를 받아 저녁 무렵 호텔로 돌아왔다. 저녁 식사를 한식으로 할까 하여, 호텔 안내원에게 공중박스에서 J. Kim을 찾아달라고 부탁하였다. 미국에서처럼 한국 사람을 찾기 위한 방법이었다. 다행히 안내원으로부터 번호를 받아 전화를 걸어 보니, 여인 하나가 전화를 받았다. 나는 "한국에서 이곳으로 출장을 왔는데, 혹시 여기에 한국 음식점이 있느냐"고 물었다. 그녀는 상냥하게 대답하기를, "이곳에는 한국 음식점이 없는데 우리 집으로 오겠느냐"는 것이었다. "우리는 세 명이라 좀 어렵겠다"라고 하니, 관계없다면서 어느 호텔이냐고 물으면서, 오후 6시까지 우리가 머물고 있는 호텔로 오겠다고 하였다.

6시 가까이 되니 빨간색의 승용차 한 대가 왔는데, 여성 두 명이 타고 있었다. 우리 일행은 그들에게 감사하다고 인사하고 차에 올랐다. 차 안에서 인사하고 이야기해보니, 이 분들은 독일에 파견된 간호사 분들이었다. 고국에 대한 궁금증으로 그들이 묻는 바에 대해 얼마간 이야기하다 보니 목적지에 도착한 모양이었다. "다 왔다"라고 하여 차에서 내려보니 이층집 한 채가 있었다. 그들은 우리를 위층으로 안내하였다. 2층 부엌에서는 또 한 여인이 열심히 일을 하고 있었는데, 우리를 위하여 요리를 하는 중이었다. 알고 보니 이 분도 파견된 간호사였는데, 독일인과 결혼해서 정착한 분이었다. 그녀가 불고기를 굽고 모든 반찬을 한국식으로 장만하여, 우리는 오랜만에 진수성찬을 맛보았다.

이때만 하여도 통신도 어렵고 고향 소식을 듣기가 어려워 한국인이 가면 한국 소식을 묻고, 여행객은 현지 소식을 듣는 것이 아주 일반화되어 있었다. 서로 궁금한 것을 묻고 대답하다 보니 어느덧 밤 12시 가까이 되었다. 이때 갑자기 문을 열고 들어오는 남자가 있었는데, 이 분이 남편이란다. 우리는 아주 당혹하여 일어나서 영어로 인사하고 온 사유를 말하였는데, 들은 둥 마는 둥 하는 것으로 보아, 아마도 영어를 못 알아듣는 것 같았다. 그는 부인과 몇 마디하고 다시 밖으로 나갔다. 이야기를 들어보니 남편은 밖에서 매일 노름을 하는데, 집에 돈 가지러 왔단다. 우리를 데리러 온 간호사 두 분은 가끔씩 이 집에 모여 안주인과 함께 외로움을 달랬는데, 종종 서로 남편 흉보는 것이 대화거리였던 모양이었다.

이날은 마침 토요일이었다. 그분들의 말로는 이곳에서 1시간쯤 드라이브하면 퀼른이라는 큰 도시가 있는데, 여기에는 중화요리집이 있다고 해서, 다음날인 일요일 우리가 답례로 대접하겠다 약속하고, 다시 이 분들의 차로 호텔로 돌아왔다. 다음날 느지막이 이 분들이 차를 갖고 왔는데, 어제 세 사람 중 두 분만 있었다. 한 사람은 남편이 못 나가게 해서 올 수가 없었다고 한다. 약 한 시간 이런저런 이야기하는 동안 퀼른 시에 도착하였다. 간단히 시내 구경을 하고 중국음식점으로 가니 출입문에 '금일 휴업'이라는 표시가 달려 있었다. 가던 날이 장날이라고, 이 음식점은 일요일에 쉬는 곳이었던 것이다. 하는 수 없이 다른 곳을 찾다가, 결국 독일 음식점으로 가서 점심 식사를 하였다. 몇 군데 더 관광하고 돌아오는 길에, "기왕 독일에 오셨으니 많이 보고 가시라" 하면서 오후 5시쯤 청소년들이 주로 모이는 나이트클럽으로 우리를 안내해 주었다. 들어가 보니, 17살쯤 되는 소년 소녀들부터 좀 더 나이가 있는 청년들까지 몸을 흔들며 춤을 추고 있었다. 모두 자기 파트너를 구하러 온 것이란다. 간호사분들과 이곳에서 맥주 몇 잔 마시고, 종일 감사했다고 인사하고 헤어졌다.

다음날 또 다른 기계회사를 방문하였다. 이 회사는 대형 버티칼레이스(Vertical Lathe:수직선반. 지름이 크고 길이가 짧은 것, 또는 무게가 무거운 것을 절삭하는 데 사용하는 선반)를 제작하는 회사였다. 공장 내부를 견학하는 도중에 대형기계들을 포장하고 있기에 출하하는 곳이 어디냐고 물으니 북조선으로 수출한다고 하였다. 이 정도의 기계면 충분히 탱크도 만들 수 있는 시설이라 추측되었다. 주변의 몇 개 회사를 더 돌아본 후에, 위에서 말한바 있던 발드리히 코부르크 회사로 전화를 걸었다. 회사 담당자가 안내하기를, 우리더러 기차를 타고 뉘른베르크를 경유하여 어느 역에서 내리면, 자기들이 우리를 픽업하고 회사로 안내하겠다고 하였다. 기차를 타고 뉘른베르크에서 내리자, 갈아타는 곳까지 제법 거리가 있어 트렁크를 들고 이동하려니 여간 고역이 아니었다. 벌써 이 회사에서 기계를 살 마음이 싹 사라졌다.

오후가 되어 곧바로 예약한 호텔로 체크인하였다. 그런데 이때 발드리히 지겐 회사에서 전화가 왔다. 오늘 현대에서 기계 견적을 받으러 왔다는 것이다. "어제 당신들이 다녀갔는데 또 현대에서 왔다니 도대체 어찌된 일이냐?"면서 의심섞인 말을 하는 것이었다. 그들이 견적을 요청한 공작 기계는 우리가 받은 기계의 사이즈보다 약간 큰 것이란다. 생각해 보니 현대양행에서 온 것 같았다. 그리하여 그들에게 대략의 현대그룹 구조를 설명하여주자 겨우 납득을 하였다. 다음 날 아침 식사를 하고 난 후에, 발드리히 코부르크에서 보내준 승용 차를 타고 회사로 갔다. 이곳은 베를린 근처였는데, 당시 베를린은 동베를린과 서베를린으로 갈라진 상태라, 우리나라 휴전선이 연상되 어 으슥한 기분이 들었다. 사장과 인사를 하고 우리 회사를 소개한 후, 현대조선소의 선박 제조 상황을 설명하고, 필요한 기계 견적서를 받았다.

이후 이탈리아에 있는 공작기계 회사를 방문할 목적으로 밀라노 로 떠났다. 이 회사도 세계적으로 유명한 회사 중 하나인 이노센티 회사였다. 이 회사에 연락하여 방문 목적을 설명하니, 승용차를 보 내주었다. 공장시설을 돌아보고 필요한 기계들의 견적서를 받은 후, 이 회사에서 내어준 차로 이탈리아의 수도 로마로 떠났다. 이 차 운 전기사가 고속도로에서 시속 2백㎞로 차를 모는데, 바쁜지 우리가 속도를 줄여달라고 하여도 듣지 않았다. 로마에 도착하여 운전기사 는 되돌아가고, 우리 세 사람은 택시를 타고 호텔로 들어갔다.

다음날은 일요일이라 관광길에 나섰다. 밖으로 나가보니 수많은 사람들이 떼를 지어 길에서 뛰어가며 행진하고 있었다. 무어라 큰소 리로 구호를 외치며 붉은 깃발을 들고 가는데, 이탈리아어라 무슨 말인지 이해하지 못하였다. 다른 관광객에게 물어보니 모택동을 찬 양하며 "모택동 만세!"를 부르는 것이라 하였다. '아니 모택동을 찬양 하다니, 유럽의 나라 이탈리아에서 왜 중국 지도자를 들먹이는가?' 이상한 감정이 들었다. 마침 작은 소나무와 잔디가 있는 곳이 있어 우리는 거기에 앉았다. 일행 중 과장 한 사람이 가져온 카메라로 데 모대 사진을 찍고 잠깐 카메라를 옆에 놓는데, 한순간에 절도범이 가져갔다. 참으로 잽싸다. 우리가 다시 일어나는데, 일본말로 "센 엔데스, 센 엔데스(천원입니다)" 하면서 별것 아닌 물건을 갖고 와 흔들어대는 사람이 있었다. 아마도 우리가 일본인인 줄 알았나 보다. 다시 관광길에 나섰다. 콜로세움, 트레비분수, 로마 판테온, 그리고 몇 개의 교회를 구경하고 오후 늦게 공항으로 떠났다. 그런데 전날 탄 택시비보다 훨씬 비쌌다. 이유를 물으니 일요일이라 할증이 붙어 그렇단다.

아무튼 이탈리아 비행기로 덴마크로 와서 B&W 사를 재방문하였다. 담당 기술자들과 최후로 도입할 공작기계를 확정하고, 기계들의 레이아웃과 기계를 설치할 공장 건물의 높이, 크레인의 용량 등을 결정하였다. 이를 바탕으로 건물의 넓이 등을 표시하여 기계를 설치할 공장 건물 축소 조형물을 만들었다. 오후에 조선소를 구경하였는데 그리 크지는 않았다. 다행히 이곳 조선소에는 한국인 부장이 있어서, 견학하는 동안 친절하게 안내해 주었고 코펜하겐 어디 가면 재미있는 곳이 있다고 가르쳐 주었다.

호텔에 돌아와 저녁 식사 후에, 우리는 부장이 가르쳐준 곳으로 가보았다. 조그마한 1층 룸에 남녀가 빽빽이 서서 맥주를 마시고 있었다. 입실하려면 반드시 맥주 한 잔을 사서 마시어야 했는데, 입실해보니 남녀가 서로 이야기하여 뜻이 맞으면 함께 어디론가 가곤 하였다. 우리는 다시 호텔로 돌아와 투숙하고, 다음날 아침에 파리로 떠났다.

프랑스에는 선박용 엔진 8천 마력 이하를 생산하는 회사가 있었는데, 이 회사는 독자적인 원천 기술을 갖고 있어 타국에 이를 넘겨줄 수 있는 곳이었다. 전화로 공장 견학을 요청하니, 파리에서 5백

km 이상의 장거리여서 당일 견학하고 돌아오기는 무리라는 대답이었다. 그래서 견학을 포기하겠다고 말하는데, 다음날 아침에 비행기로 안내하겠다는 것이었다. 다음날 아침에 그들이 알려준 비행장으로 나가보니, 여객 1인만 탑승할 수 있는 소형 프로펠러 비행기가 준비되어 있었다. 나는 비행기에 올랐다. 비행기 운전석 앞 판넬(panel)에는 수많은 계기들이 달려 있었는데, 운항기사가 대충 각각의 계기들에 대하여 설명하여 주었으나 나로서는 잘 알아들을 수가 없었다. 약 1시간 가량 비행한 뒤에 공장 근처 비행장에 내리자, 마중 나와 있던 승용차가 우리를 픽업해 주었다. 곧바로 공장에 들어가 공장 책임자와 인사를 나누고 내부로 이동하였다. 몇 개의 선박 엔진을 가공 또는 조립 중이었다. 제공된 점심 식사를 마치고 다시 파리로 돌아왔다.

저녁에는 쇼를 보러 갔다. 파리 시내에는 유명한 두 개의 쇼 장소가 있었는데, 물랑루즈(Muolin Rouge) 쇼와 리도(Lido) 쇼였다. 우리 세 사람은 그중에서 물랑루즈 쇼를 관람하였다. 재미있고 흥미진진한 쇼였다. 쇼가 끝나고 좁은 골목길로 나오는데, 죽 늘어선 상점마다 호객행위를 하고 있었다. 한 곳에 20달러라고 써 붙인 점포가 있었다. 동행한 과장 한 명이 값이 싸니 여기서 한 잔만 하고 가자고 하여 상점으로 들어갔다. 종업원의 안내에 따라 2층으로 올라가자, 길쭉한 4각 테이블이 가운데 놓여있고 실내는 희미한 전기불빛으로 조명되고 있었다.

우리 세 사람이 의자에 앉자, 세 모퉁이에서 젊은 아가씨들이 술병 하나씩 들고 우리에게 다가왔다. 그러더니 테이블에 놓여있는 글라스에 쪼르르 따르는 것이었다. 우리 일행 중 과장 한 명이 글라스를 들고 마시는데, 내가 순간 깜짝 놀라 "술값도 모르고 마시느냐"고 만류했다. 내가 아가씨에게 술값을 물으니 모른단다. 해서 과장에게 아래층에 가서 술값을 알아보라 하였다. 조금 있다 올라온 과장 얼굴이 하얗게 질려 말하기를, "한 병에 7백 달러래요." 하였다. 한 병에 7백 달러면, 3병이면 2천1백 달러가 아닌가? 20달러라 올라왔는데 …. 다시 가서 알아보라 하니 그가 내려갔다 와서 하는 말이, "그것은 콜라 한 잔 값이랍니다. 20불이란 글자 밑에 작게 콜라라 써 있답니다"고 하였다. 이거 큰일이었다. 나의 호주머니에 그런 거금이 있겠는가, 나는 두 사람에게 술을 마시지 말고 지배인을 부르라 하였다.

조금 있으니 몸집이 커다랗고 우락부락하게 생긴 사람이 올라와서 "내가 지배인인데 무슨 용무냐?"고 물었다. 나는 말했다. "우리는 일본인인데, 우리 도쿄에서는 반드시 술을 따르기 전에 술값을 말하고 동의를 구한다. 여기는 말도 없이 무조건 술을 따랐다. 나는 3병 값을 지불할 수 없으니 경찰을 불러라." 하고 크게 말하였다. 이 무렵만 하여도 한국은 잘 알려지지도 않은 나라였다. 나는 과거 미국에서 어린 소년과 우연히 이야기하던 중에, 그 소년이 어느 나라에서 왔느냐 묻길래 코리아라 하니 코리아가 어디냐고 되물은 일이 있었다. 그래서 나는 그들이 동양인이면 중국인이거나 일본인이라 여길 것이라 생각하고, 일본인 행세를 한 것이었다. 그 지배인은 2백 달러만 내고 가란다. 얼른 2백 달러를 치르고, 우리는 '걸음아 나 살려라' 하면서 빨리 점포를 빠져나왔다.

다음날 파리 관광을 하였다. 콩코드 광장, 루브르 박물관, 에펠탑, 상젤리제 거리, 개선문 등을 차례로 구경하였다. 루브르 박물관에서는 나폴레옹과 황후 조세핀을 그린 그림이 인상적이었고, 박물관 주변 화단도 너무나 아름다웠다. 에펠탑의 높이는 300m라는데, 도쿄에 있는 도쿄탑의 높이가 떠올랐다. 당시 에펠탑이 세계에서 제일 높은 탑이었는데, 일본이 그보다 1m를 더 높게 하였다는 말을 들은 바가 있었다. 파리에서의 업무를 잘 정리하고, 다음날 귀국할 준비를 하였다. 아침에 호텔 로비에서 체크아웃하려니, 과장 한 사람이 전날 부인을 위하여 선물로 사서 트렁크에 넣어 둔 다이아몬드 반지가 없어졌다고 한다. 이리저리 살펴보았지만, 찾을 다른 방법이 없어 그대로 공항으로 나와 김포행 비행기에 오를 수밖에 없었다.

귀국 후 출장 결과를 보고하기 위하여 정주영 회장실에 들렀다. 그런데 정 회장은 나를 보자마자 화를 내며 "그게 얼마나 중요한 프로젝트인데 보고도 하지 않고 네 맘대로 결정해!"라고 하는 것이었다. "보고했습니다."라고 대답하니, "누구에게 보고했어?"라고 다시 물었다. 사실은 출장 중 한번 사장에게 보고한 적이 있었지만 사장에게서는 아무런 지시가 없었다. 아마도 본인이 잘 모르는 기계 문제이므로 깔아뭉갠 모양이었다. 나는 누구에게 보고하였다는 말은 끝까지 하지 않았다. 한참 후에 정 회장이 "그래, 내용을 말해봐." 하길래, 미리 만들어 두었던 공장건물과 공작기계 장비를 축소한 조형물을 보이며 보고하였다. 회장님은 그제야 만족한 얼굴로 대해 주었다.

다음날 즉시 독일 메이커들과 도입할 공작기계 가격 네고(협상)를 시작하였다. 이를 위해 발드리히 지겐 사장이 직접 내한하였다. 일반적으로 독일회사들은 가격 네고가 힘들다고 알려져 있었는데, 다행히 발드리히 지겐 회사와 총 도입 금액의 18% 감액에 합의할 수 있었다. 그런데 갑자기 발드리히 코부르크 사가 끼어들었다. 회사 사장이 말하기를, 자기 회사와 계약하면 계약 금액의 2%를 커미션으로 주겠단다. 이를테면 떡고물이지. 만일 그의 제안을 받아들였다면, 나는 부자가 되었거나 회사로부터 파면되어 옥고를 치렀을지도 몰랐다. 나는 단연코 거절하고 지겐과 18%를 감액하였다고 정 회장에게 보고했다. 회장님은 그대로 계약하라 하였으나, 좀 더 협상을 진행하여 20% 감액하는 것으로 최종 계약하였다. 이후 차례로 다른 회사들과도 계약을 진행하여 완결지었다. 단조공장에 들어가는 유압 프레스를 용량 4천 톤으로 정하고 회장님께 보고하니 용량을 만 톤으로 키우라 하셨다. 아마도 현대양행 창원공장에서 용량 만 톤짜리 프레스를 구입한다는 정보를 들으신 모양이었다. 용량 4천 톤이면 충분하다고 회장님을 잘 설득하여 그것으로 결정하였다. 이제 남은 일은 공장건설뿐이었다. 이후 강관 공장 설립을 계획하라는 명령이 떨어져 시행계획을 세우고 있었는데, 갑자기 창원으로 내려가 탱크공장을 건설하라는 오더가 내려왔다.

6

현대차량에서 군사용 탱크 제작공장 건설을 맡아, K-1 전차를 생산하다

당시 창원공단은, 박정희 대통령이 청와대 오원철 수석을 앞세워, 야심차게 중화학 공업을 담당하는 공단으로 지정되어 있었다. 창원은 마산시와 연결된 지역으로 입지 조건이 아주 좋은 곳이었다. 우선 사방이 산으로 둘러싸여 있어 유사시 북한의 공습이 어렵고, 바로 인근에 진해만이 있어 대형 화물이라도 선적이 가능한 데다 김해공항이 가까워서 외국과도 연결이 쉽다는 이점이 있는 지역이었다. 그리하여 주로 방위산업 관계 제조공장을 이곳 창원공단에 많이 유치하고 있었다.

정부는 미국에서 오래된 탱크를 구입한 뒤 엔진과 여러 부품을 업그레이드하여 성능이 우수한 것으로 개조하고, 한발 더 나아가 아예 새로이 개발하여 국산 탱크를 만들기 위한 공장을 건설하는 사업을 추진하고 있었다. 당시 돌아다니는 이야기에 의하면, 원래는 현대양행이 맡는 것으로 추진하였으나, 청와대의 최종 결재과정에서 같은 현대그룹 계열사라 하여 박 대통령이 현대중공업을 선정하였다는 설이 있었다.

정부는 1978년 4월 진해에 있는 해군사관학교 졸업식에 참관한 대통령이, 바로 우리 창원공장을 방문하여 업그레이드된 탱크를 시찰하는 것으로 계획을 짜고 있었다. 즉 공장 완공과 동시에, 업그레이드된 탱크 시제품을 완성하여 시운전까지 마치는 것을 목표로 하고 있던 것이었다. 그리하여 추호라도 일정에 차질이 있을까 하여 청와대의 사업 관계자나 상공부에서도 여간 신경을 쓰는 게 아니었다. 공장건설 진척 사항, 탱크 시제품 제작에 필요한 기계 선정 및 구입 사항 등을 매일 상공부와 청와대에서 체크하고 있었다. 상공부 방위산업 담당 차관보가 정 회장이 창원에 직접 내려와 주둔하면서 프로젝트를 이행하라고까지 한 상황이었다.

현대그룹 내에서 이 사업을 담당한 회사는 현대차량이었다. 1977년도부터 시작된 건설 사업에서 애초 책임자로 임명되었던 사람은 나의 대학 동기생이었다. 프로젝트 책임자인 동기생은 비료공장에서 근무하던 중 스카우트되어 현대차량에 입사하였는데, 이런 사업에 전혀 경험이 없어 영 진도가 지지부진하였던 모양이었다. 이를 크게 걱정한 현대차량에서는, 선박용 엔진 제조공장건설을 성공적으로 완료하고, 이를 기반으로 그룹 내 현대엔진 회사설립 과정에서 주도적 역할을 하였던 나에게 이 프로젝트를 맡기도록 정주영 회장께 건의하였던 것이다.

어쨌든 이곳에 와보니 말이 아니었다. 공장 건물은 기초 공사도 안 되어 있었고, 탱크 제작에 필요한 설비는 미국에서 수십 년 전에 사용하고 폐기 처분한 것을 값이 싸다고 주문하려 하고 있었다. 나는 곧바로 현대차량 소속이 되어 이 사업을 인계받았다. 나는 창원에 상주하면서 우선 고물 기계를 발주하려던 계획을 취소시키고, 앞으로 수십 년 사용할 신형 기계들을 택하여 발주 의뢰하였다. 필요한 기계 선정은 선박용 엔진공장 건설 시에 유럽을 장기간 돌아다녔기에, 쉽게 메이커들을 선정할 수 있었다. 이때가 1977년 1월경이었다. 남쪽 지역이라 땅이 얼지는 않아서, 시공을 맡은 현대건설에 공장 건물 공사를 서두르기를 부탁하였다. 그리고 상공부 방산 담당 차관보에 연락하여 2개월 후에 내려와 보라 하였다.

공사 진행은 활기를 띠었다. 대지를 정리하고 공장 건물이 형체를 갖추기 시작하였다. 기계를 설치할 자리에 바로 콘크리트 타설도 마무리하였다. 탱크의 주행 테스트에 사용할 노반(路盤)을 건설하고, 수중 시험하는 곳을 만들기도 하였다. 발주한 기계들이 도착하기 시작하여, 장비의 설치도 예정대로 잘 진행되어 갔다. 2개월가량 지나니 공장은 제법 완성이 되어갔다.

현장에는 미국에서 파견된 기술자가 몇 명 있었는데, 어느날 아침에 출근하여 있으려니 그중 한 사람이 나에게 와서 숙소에 가보라고 하였다. 무슨 일인가 하고 가서 문을 열어보니 처음 공사를 담당하였던 동기생 친구가 자살을 시도하려 면도칼로 손목을 긋고 피를 흘리고 있었다. 깜짝 놀라 붕대로 손목을 감고 곧바로 마산으로 데리고 갔다. 너무 아침 일찍이라 병원문을 연 곳이 없어 헤매기도 하였다. 병원에서 응급 치료를 받게 한 다음, 그의 집으로 연락하여 부인을 내려오게 했다. 그에게는 며칠 서울로 가서 쉬고 오라 하였다. 이 친구가 너무나 소심하여 내가 서둘러 일을 잘 진행시키는 것을 보고, 회사의 문책을 받을까 두려워하여 그런 행동을 한 것이다. 나도 정

K-1 전차(용산전쟁기념관)

말로 그에게 미안하였다. 이후 현대중공업에서 김상태 상무가 파견 되었다.

건물이 완성되어 내부공사를 하던 중 갑자기 불이 나며 하늘로 연기가 치솟았다. 깜짝 놀라 현장에 가보니 쇼트 브라스트(shot blast:금속 표면의 녹이나 먼지를 제거하여 표면을 다듬는 가공 설비) 호퍼(hopper:시멘트, 자갈, 콘크리트 등을 좁은 구멍을 통해 아래로 떨어뜨릴 때 사용하는 V자 모양의 도구)를 설치하던 중에 용접기의 불똥이 튀어 고무에 불이 붙고 순식간에 플라스틱 벽과 지붕에 연결되어 타버렸다. 기가 찬 일이다. 소방서에서 와서 조사가 끝난 다음 나는 현장 인력을 총동원하여 화재 잔해를 철거하였다. 다음날에 현대중공업 김영주 사장이 왔을 때는 화재 흔적을 말끔하게 치워놓아 화재가 난 줄도 모르게 하였다. 이런 일은 내가 단양 시멘트공장 건설 시에 화재 사고가 있을 때의 경험을 살렸기에 가능하였다.

어쨌든 기계도 입고되어 설치가 끝나고 탱크 시제품 업그레이드 작업도 잘 끝났다. 이제 남은 일은 공장 주위 환경 정리였다. 주변에 꽃나무도 심고, 탱크 활주로 내부는 완전히 잔디로 덮었다. 현대건설에서 이 작업을 하룻밤 사이에 이루어냈다. 현대건설의 탁월한 능력과 잠재력에 감탄하지 않을 수 없었다. 마지막 날에 정주영 회장이 와서 모든 것을 점검하고 돌아갔다.

이제 역사적인 날이 왔다. 1978년 4월, 박정희 대통령이 진해 해군 사관학교 졸업식 참관을 마치고 창원공장에 도착하였다. 모든 접대와 안내는 정주영 회장이 하였다. 탱크의 시험 운행은, 회사 직원으로 과거 기갑부대에서 복무하였던 예비역 중령이 맡았다. 활주로에서의 주행시험, 장착된 대포의 상하좌우 이동 동작, 수중시험 등 규정된 테스트를 모두 만족스럽게 통과하였다.

다음은 공장 내부 시찰이었다. 공장 입구에 내가 서서 대통령을 맞이하게 되었다. 이윽고 대통령이 공장 건물 입구에 서 있는 나에게 악수를 청하였다. 감기가 들었는지 마스크를 하고 있었다. 내가 제일 앞에 서서 공장 내부로 안내하고, 그 뒤로 정 회장이 대통령에게 이곳저곳 설명하며 따라오고 있었다. 내 뒤 약 5m쯤, 나와 대통령 사이에 위치를 잡은 경호과장이, 내가 뒤도 돌아보지 못하게 하고 늦으면 빨리 가라, 빠르면 늦추라 하면서 나의 행보를 조정하고 있었다. 이때 미리 사진 기자에게, 대통령과 내가 악수할 때 꼭 사진 한 장 찍어달라고 특별히 부탁한 일이 있었다. 후에 그 기자에게 대통령과 악수할 때 찍은 사진을 요청하자, 내 모습은 잘 나왔지만, 대통령 사진이 잘 안 나왔다고 하면서, 이런 경우는 절대로 외부 반출이 안 된다고 하였다. 나로서는 좋은 기념사진을 잃어버린 셈이었다.

공장 내부 시찰이 끝난 다음 대통령 일행과 정 회장은 건물 2층에 마련하여 놓은 식당으로 이동하였다. 점심 식사가 끝난 다음 대통령은 돌아가고, 뒤따르던 육군 중장 한 분이 나에게 와서 수고하였다고 하며 돈 봉투를 주고 갔다. 회장께 보고하니 회식비로 사용하라 하였다. 대통령의 시찰이 무사히 잘 끝난 후에는 미국으로 가서 탱크 업그레이드 과정을 잘 견학하고 돌아왔다. 국방과학기술연구소(ADD) 직원이 자주 와서 우리의 작업을 지도하여 주기도 하였다. 이리하여 우리는 ○○○대의 탱크 업그레이드 작업을 무난히 마치고 국방부에 납품할 수 있었다.

7

제철공장 건설 프로젝트를 거절하다

　탱크 납품을 마무리하는 즉시 나는 현대차량 서울 본사로 복귀하였다. 정 회장이 불러서 가보니, 이번에는 제철공장 사업을 맡으란다. 당시 정부는 포항제철에서 생산하는 1천만 톤 이외에, 다시 추가로 1천만 톤 생산 규모의 제철소를 건설할 계획을 세우고 있었다. 현대도 이에 참여하고자 제철소 설립을 계획하고 있었다. 포항제철과 현대, 양사의 치열한 경쟁이 뒤따랐다. 사실 현대그룹은 한국에서 철을 제일 많이 사용하는 회사였다. 현대조선소가, 현대자동차가, 그리고 현대건설이 공사 현장에서! 그러기에 제철소를 가지려는 현대그룹의 욕망은 한편으로 당연하였다. 현대그룹은 중동에서 벌어들인 돈으로 단숨에 인천제철 회사를 인수하였다. 정부에서는 현금이 아니라도 된다는 조건을 붙였음에도 불구하고, 전액 현금으로 인천제철과 서울고등학교 부지를 인수하였다는 말도 들렸다.

　어쨌든 제철공장 건설 사업을 맡으라는 정 회장께, 나는 "그것은 어렵습니다. 저는 기계과 출신이지, 금속과가 아니라서요."라고 대답하였다. 회장은 화를 벌컥 내며 나에게 "그러면 저 끝자리에 가 앉아!" 하셨다. 이때 정 회장의 지시를 거절했던 것은, 한 프로젝트를 맡으면 얼마나 많은 노력과 고생이 필요한지를 그동안의 경험을 통해 잘 알고 있었기 때문이기도 하였다.

한편 이 무렵 내가 현대양행 안양공장에서 근무할 때, 군포공장의 공장장이었던 동기생 친구가 나를 찾아왔다. "이 형, 미안한 말을 좀 해야겠다. 정인영 회장이 나를 불러서 하는 말이 '이종영을 데려오라' 하시길래 그냥 묵살하였는데, 그 뒤로도 두 번이나 '빨리 가서 데려오라' 해서 할 수 없이 왔다"라는 것이다. 정인영 회장이 나보고 현대양행에 다시 오라는 것이다. 이 무렵 현대양행은 창원에 거대한 공장을 건설 중이었다.

나로서는 참으로 고민이 되는 문제였다. 정주영 회장 아래서 여러 가지 중요한 업무를 하고 있는데, 그를 배반하고 형제 회사로 간다는 것은 도의적으로 못할 일이었다. 그러나 한편으로 정인영 회장이 나를 찾는다는 것은 얼마나 고마운 일인가! 할 수 없이 정인영 회장을 찾아가서 말하였다. "회장님, 정주영 회장님과 상의하셔서 제 행방을 결정하여 주시면 그대로 따르겠습니다." 하니, 크게 화를 내며 "정 회장이 놔주겠어?" 하였다. 결국 그 일은 그렇게 일단락되었다.

그해 연말에 현대엔진과 현대차량의 1년간의 손익계산을 정주영 회장께 보고하러 가는 자리가 있었다. 현대엔진에서는 사장인 김영주 사장과 전무 한 사람, 그리고 현대차량에서는 내가 참석하는 길에 마주쳤다. 그런데 김영주 사장은 나를 보자마자 화를 내며, "엔진공장을 필요 이상으로 그렇게 크게 만들어 적자가 났다."고 하면서 욕을 해댔다. 김 사장은 정 회장의 매제이므로 대꾸는 못했지만, 마음속으로는 '나에게 맡기면 당장 흑자를 낼 수 있다'고 생각하였다. 엔진공장이 적자가 난 것은, 현대엔진의 업무 담당자들이 대형기계를 사용한 경험이 없어, 이를 능률적으로 사용하지 못한 까닭이었다.

다음 해부터 일본 미쓰비시 중공업에서 기술자들이 와서 기술 지도를 해주니 당장 흑자 운영으로 전환되었다. 외국에서 선박 엔진을 수입하여 배에 설치하는 금액보다 국내 생산품을 사용하는 것이 비쌀 이유가 없었다. 그 후에 현대엔진 김 사장을 만났을 때 나에게 하는 말이, "엔진공장을 운영하다 보니 참으로 시설이 잘 되었다. 어디에도 결함이 없더라." 하였다. 과거 나에게 화낸 일이 미안한 모양이었다.

이에 비해 현대차량은 방위산업체였기 때문에, 국방부에서 일을 주지 않는 한 흑자 운영이 어려웠다. 그리하여 현대엔진에서 근무하던 전무는 곧바로 부사장으로 승진하였으나, 나는 아무리 일을 많이 하여도 빛을 보지 못하고 직위가 전무에서 정체되었다. 그것이 나의 운명이라 생각되었다. 이후 나는 신형 국산 전차인 K-1 양산 계획을 세우는 한편으로, 회사에서 새로운 사업 영역으로 개척하려 했던 기관차 생산 계획에 몰두하였다.

8

대우그룹과 경쟁, 미국 회사와 철도차량 제작공장 건설을 위한 기술제휴를 맺다

당시 현대그룹은 디젤기관차 제조공장 건설을 정부로부터 승인받으려 하고 있었다. 그러나 이에 필요한 심사나 절차가 까다로워 승인을 받기는 쉽지 않을 것이었다. 게다가 대우그룹이 이미 부곡에 철도차량 제작공장을 갖고 있어, 경쟁하기에 만만한 상대가 아니었다. 그리하여 현대그룹 기획실은 약간의 편법을 사용하였다. 방산공장·선박엔진공장·철도차량공장을 창원공단 내에 함께 세우는 건설계획서를 작성, 서류 제일 앞 부문에 방산 계획서를 철한 뒤, 2급 비밀도장을 찍어서 정부에 제출하니, 일사천리로 통과하여 승인결제가 끝났다고 한다. 사실 방위산업 공장 계획은 2급 비밀문서라 2급 비밀취급 자격이 없으면 함부로 볼 수 없는 것이었는데, 철도차량 승인라인에 비밀 취급 자격을 지닌 공무원이 거의 없어 일사천리로 결제가 진행된 것이었다. 나중에 안 사실이지만, 철도청에서마저 우리가철도차량 공장을 건설한다는 것을 모르고 있었다. 어쨌든 그 결과,

방산공장과 같은 장소에 현대의 철도차량 공장이 건설되도록 결정되었다.

이제 가장 중요한 할 일은 미국의 GMC 그룹의 EMD 사와 기술제휴를 맺는 일이었다. 한국 철도청에서는 오직 EMD 사 제작 기관차만 사용하고 있었기 때문이었다. 당시 미국 내에 GE 사가 만드는 기관차도 있었음에도 오직 EMD 사가 제작하는 기관차만 사용하였는데, 이는 부품 호환성 문제 때문이었다. 한번 제작회사가 정하여졌으면 계속 같은 회사 제품을 사용하여야, 이후 수리나 정비 등에서 이점을 가질 수 있었다.

한국에서 기관차 제작을 하려했던 회사는 대우차량과 현대차량 두 군데였다. 결국 사업의 성패는 EMD 사가 이 두 그룹 중 어디와 제휴하는가에 달려 있었다. 먼저 손잡는 회사가 철도차량의 주도권을 잡을 수 있었다. 나는 현대차량의 정문도 사장과 함께 EMD 회사를 방문하였다. 가보니 이미 대우 김우중 회장의 명함과, 그외에도 대한중기 전무의 명함이 사장 책상 위에 놓여있었다. 우리는 EMD 사장과 인사를 나누고, 우리 회사와 제휴하여 주기를 부탁하고 귀국하였다. 얼마 뒤 기술제휴 추진차 다시 미국을 방문한 자리에서 EMD 사장이 말하기를, "담당자를 한국에 보내어 현대와 대우 양사를 조사해 본 후에 제휴 회사를 결정하겠다."라고 하였다.

나는 귀국하여 철도청 디젤기관차 담당과장에게 이 사실을 말하고, 미국인 조사자가 오면 내게 알려달라고 부탁하였다. 얼마 후 그 과장으로부터 미국 EMD 사 담당자가 와서 조사하고 있다는 연락이 왔다. 나는 즉시 그가 어느 호텔에 머무르는지 알아내기 위하여 서울 시내 유수 호텔들에 전화를 돌린 결과, 코리아나 호텔에 투숙하고 있음을 알게 되었다. 나는 큼직한 꽃바구니를 마련하여 '웰컴 투 코리아'라 써 붙여서 그가 잡은 객실 앞에 놓고, 오후 5시에 방문 하겠다고 메모도 남겨 두었다. 그리고 곧 정주영 회장실에 들어가서 보고드리니, 정 회장은 유명한 삼청각으로 바로 전화를 걸어, 영어를 잘하는 아가씨를 동석하게 하여달라고 마담에게 부탁하였다.

오후 5시에 EMD 사 담당자가 머무는 호텔 객실을 두드리자 그는 깜짝 놀라며 나를 맞이하였다. 인사를 나누고 보니 EMD 사의 기술 제휴 담당부장이었다. 그에게 저녁 대접을 하겠다고 제안, 삼청각으로 안내하였다. 술잔이 몇 차례 오가자 삼청각의 국악팀이 들어와 몇 곡 연주하였다. 이후 밴드 곡이 울리며 댄스파티가 열렸다. 그는 옆자리의 파트너와 재미있게 이야기하며 즐겁게 시간을 보내고 있었다. 간단한 식사가 끝난 후에 우리는 그와 그의 파트너와 함께 그가 투숙하고 있던 호텔로 이동, 간단히 커피 한잔을 마신 뒤 나는 귀가 하였다.

다음날 아침, 그와 함께 식사를 마치고 나서 울산으로 향하였다. 울산 현대조선소에서 선박 제조공정을 구경하고, 회사 영빈관에서 점심을 먹었다. 오후에는 현대자동차 회사를 방문하여 자동차의 조립 과정 등을 구경한 뒤, 경주로 이동하여 경주박물관, 석굴암, 불국사 등을 구경시켰다. 다시 현대조선소 영빈관에 가서 하루 더 숙박하고, 다음날 아침에 서울로 돌아왔다. 당시 우리는 아직 창원에 차량 공장을 건설하지 않은 상태였기 때문에 창원으로 안내는 하지 않았다. 서울로 오는 차 안에서 그는 현대와 대우 두 회사를 조사하러 왔으니, 내일은 대우그룹에 가서 여러 가지 조사를 하겠다고 하여, 그것이 좋겠다고 하였다.

이틀 후에 그로부터 미국으로 귀국한다고 연락이 왔다. 공항으로 가서 경주에서 미리 준비한 자수정 제품을 선물로 주었으나, 한사코 거부하여 그대로 환송만 하고 돌아왔다. 얼마 후에 미국 EMD 사에서 현대와 제휴하기로 결정되었다는 통보가 왔다. 나는 즉시 미국으로 갔다. 회사를 방문해보니, 이미 기술제휴 서류를 준비하여 작성해 놓고 있었다. EMD 사 사장과 역사적인 계약서에 사인을 한 뒤, 곧 귀국하였다.

며칠 후에 철도청으로 가서 차량국장을 만난 자리에서 앞으로 디젤기관차를 제작, 납품하겠다고 하였으나 분위기는 아주 냉랭하였다. 몇 번을 찾아가 설득하여도 여전히 시큰둥하였다. 아마도 그렇게 대형 기관차를 아무런 경험도 없는 현대가 만들겠다고 하니 내가 거짓말만 하는 사람으로 비친 모양이다. 하루는 국장실에 들어가 앉아 있으려니 나에게 사기꾼이란 말까지 하였다. 나도 참다 참다 사기꾼이라는 말에 자존심이 발동하여 찻잔 테이블을 번쩍 들어 엎어버렸다. "말조심하시오! 사기꾼이 뭐요. 당신이 아무리 반대해도 당신들은 우리 제품을 안 사고는 못 배길 것이오!" 하고 뛰쳐나왔다. 그 후 철도청에서는 청장이 나를 들여보내지 말라는 명령을 내렸다고 한다. 그러나 물러날 내가 아니었다. 경비실 사람들에게 소정의 선물을 하니, 오히려 청장 전용의 엘리베이터로 나를 인도하여 주었다.

현대차량 시절 미국 EMD 사 사장과 함께

현대차량 시절 미국 EMD 사와의 기술제휴 계약서 서명

9

객화차 입찰에서 대우그룹의 양보,
"현대 이 전무같이 일하라"

당시는 산업의 발달로 인하여 물동량이 해마다 증가하여 화차(貨車)와 객차(客車)의 수요도 급격하게 늘어나던 때였다. 철도청에서도 이를 감안하여 증차하려고 하고 있었다. 그러나 이에 필요한 자금이 부족했으므로, 해마다 국제개발은행(IBRD)로부터 객화차 구입 자금을 빌렸다. 이해(1979년 무렵)에도 8000만 달러의 차관을 들여와 화차 200량, 객차 100량 등을 구매하고자 조달청을 통하여 입찰 공고하였다. 이때까지 국내에서는 대우그룹만이 차량 생산 회사를 갖고 있었던 까닭에, 객·화차 생산은 대우그룹이 독식하고 있었다. 그리하여 대우그룹은 철도청 입찰 공고 이전에 미리 차량을 제작하는 실정이었다.

현대그룹도 이때 입찰에 참여하고자 하였다. 이에 우리는 철도청에 근무하는 정용남 씨를 이사로 초빙하였다. 다만 문제는 우리에게는 객화차의 설계 도면이 전혀 없었다는 점이었다. 도면이 있어야 견적을

현대차량이 만들어 국내 납품 및 수출한 기관차

현대사량이 만든 기관사 앞에서

내고 입찰서를 작성할 것이 아닌가. 우리는 비공식적인(?) 방법을 동원하였다. 철도청 직원에게 로비하여 철도청에 있는 객화차 설계 도면을 입수하고, 이 도면을 복사한 뒤 다시 돌려주었다. 이것을 바탕으로 우리의 입찰서를 작성하였다. 물론 상대 회사는 모르게 극비리에 추진되었다. 우리는 매우 낮은 최저의 금액으로 입찰가를 써서, 입찰 기간에 제출하였다. 아무도 예상치 않은 일이라 모두 깜짝 놀랐다.

입찰서가 들어오면 조달청에서는 이를 일단 담당 부서인 철도청으로 보내고, 여기서 사양 측면이나 혹은 기술적인 면에서 특별한 이상이 없다고 통보가 오면, 입찰 기업들의 입찰가를 모두 오픈하여 낙찰시키는 시스템이었다. 그런데 우리 입찰서는 오픈되지도 않은 상태로 반송되었다. 입찰서에 '제작 실적이 없어 불가'라는 철도청장 인(印)이 찍혀 온 것이다. '10년 공부 나무아미타불'이라는 말이 딱 맞았다.

그러나 나는 이대로 끝낼 수가 없었다. 해서 본격적으로 저항을 시작하였다. 우선 진정서를 쓰기 시작하였다. 진정서에는 다음의 내용을 담았다. '① 현대차량이 제출한 차량의 입찰가격은 매우 염가이고 ② 이미 정부로부터 철도차량 제조 허가를 얻어 차량공장을 건설 완료하였으며 ③ 객화차 제조는 고도의 기술을 요하는 품목이 아니고 ④ 현대그룹은 과거 시멘트 운송용 화차를 제작하여 지금도 운행 중이므로 제작 실적이 없다고 할 수 없다. 따라서 입찰서류를 반환하는 것은 부당하므로, 우리가 제출한 입찰서를 검토하여 주시기를 바란다.' 이러한 내용으로 국무총리실, 철도청장, 조달청장, 중앙정보부 등에 제출하였으나 아무런 반응이 없었다.

결국 나는 이 문제를 법정으로 끌고 가기로 결심하였다. 기왕이면 영향력 있는 변호사가 사건을 맡았으면 해서 당시 대법원장의 변호사 아드님을 찾아가서 의논하였으나, 그는 소송을 맡지 않겠다고 나의 제의를 거절하였다. 그런데 이때 수원 지역의 김 모 변호사가 맡아서 해보겠다고 나섰다. 그에게 일련의 서류를 넘겨주니, 수원지방법원에 소장을 제출하였다. 드디어 사건화하는 데 성공한 것이었다. 우리가 이렇게 말썽을 피우자, 경제기획원 장관이 정주영 회장과 대우김우중 회장에게 회합을 제안하였다. 정 회장이 우리에게 전하여 주기를, 이 자리에서 장관은 전체물량의 20%를 현대에게 양보하도록 대우 측에 종용하였다는 것이다. 다음날 대우그룹 김우중 회장으로부터 현대차량 정문도 사장에게 이튿날 오전 우리 회사를 방문하겠다는 전화가 왔다.

약속 날, 막 출발했다는 대우그룹 회장 비서실의 연락을 받고 나는 회사 현관에 나가 대기하고 있었다. 고급 승용차가 회사 앞에 서더니, 머리가 하얀 김우중 회장이 내렸다. 그분은 나를 몰랐겠지만, 나는 금방 김 회장을 알아보았다. 나는 "안녕하십니까? 현대차량 이종영 전무입니다." 하고 정중히 인사한 뒤, 엘리베이터로 모시고 올라가 정문도 사장실로 안내하였다. 그렇게 세 사람이 앉아서 커피 한잔씩 마신 후에 내가 말을 걸었다. "저희 회사에 화차 20량과 객차 10량만 할애하여 주십시오." 하고 말씀드리자, 김 회장은 "그것은 어렵다. 우리 회사에서는 이미 전량 제작이 거의 끝났을 것이다."라고 말하며, "돌아가서 조사하여 본 후에 내일 다시 오겠다."라고 하여 헤어졌다.

다음날 약속 시간이 되자 나는 현관에서 다시 김우중 회장을 기다렸다. 그가 도착하여 엘리베이터를 타고 사장실로 올라가는 도중에 내가 말하였다. "회장님! 회장님은 국내에서나 해외에서나 나라를 위하여 많이 일을 하고 계시는데, 이번에 한번 저희를 도와주십시오."

하니, "당신 회장님도 이미 그런 일 많이 하시지 않아요?" 하고 대답하였다. 정문도 사장실에서 세 사람이 다시 한자리에 앉았다. 김 회장 왈, "회사에 가서 조사하였으나 이미 전량 제작 완료였다고 하니 현대에 줄 물량이 없다."라고 하였다. 나는 다시 "그러면 수출 물량 중에서 5량만 달라."고 요청하였다. 이때 대우는 동남아 국가에 철도차량을 수백 량 수출하고 있었던 사실을 알고 있었기 때문이었다. 그리하여 우리는 대우로부터 몇 량 할애받을 수 있었다. 우리는 일단 그것으로 만족하였다. 나중에 김 회장이 자기 회사에 돌아가서, 담당자들에게 현대의 이종영 전무같이 일하라고 힐책하였다는 소문을 들었다. 자기들이 독점하였던 기관차도 현대에 빼앗기는 신세가 되었기 때문이다.

또한 우리는 디젤기관차 10량을 이란으로부터 수주받는 데 성공하였다. 이란의 기술자 10명을 현대차량에서 훈련시켜 주는 조건이었다. 이후 이란 기술자들이 도착하여 우리가 제공한 회사 숙소에서 머물렀는데, 우리에게 누가 인솔 책임자인지 알려주지 않았다. 눈치로 짐작하건대 얼굴에 검은 수염이 많이 난 사람이 책임자인 것 같았다. 아주 감시가 심하였는지 이란 기술자들의 행동이 부자연스럽게 보였다. 이때가 한여름이라 우리는 쉬는 날에 남해 해수욕장에 가서 휴식을 취하곤 했는데, 그들에게 함께 가자고 하니, 안가겠단다. 이유를 물어보니, 비키니 차림으로 수영하고 있는 여성들을 보는 것은 용납이 안 된다는 것이라 하였다. 어쨌든 우리는 이란으로 계획 물량을 무난히 수출하였고, 그 후에는 계속해서 철도청에 우리가 제작한 기관차를 납품할 수 있었다. 특히 A/S 용으로 EMD 사로부터 부품을 구입할 시에, 우리에게 28%의 커미션을 주기로 계약하였다. 이 자금은 회사 운영에 크게 도움이 되었다.

10

서울시 지하철 2호선 전동차 입찰에 참여, 전량(全量)을 낙찰받다

서울의 지하철은 1974년 8월 개통된 1호선으로부터 출발하였다. 1호선은 용산역부터 청량리까지 지하 노선으로 설치되어 운영되고 있었는데, 이 선로는 철도청 소관이었다. 1호선 완공 후 서울시는 지하철 건설 본부를 설립하고, 이를 통하여 2호선과 3·4호선 건설 작업에 착수하였다. 동시에 이 노선에 운행할 전동차 구입도 병행하였다.

전동차는 2호선에 앞서 3호선 물량부터 입찰이 시작되었다. 이때 우리 현대차량은 미처 준비가 되지 않아 입찰 참가를 할 수 없었는데, 이에 비해 대우그룹은 이미 영국과 기술제휴를 마친 상태로 600량을 수주하였다. 대우는 1차 지하철 건설 때 전동차를 수주하여 납품한 경험이 있어 3호선에 필요한 물량도 쉽게 수주하였다. 특히 단독 입찰이라 더욱 문제없이 낙찰되었는데, 수주한 차량 금액이 아주 높은 것이라 들었다. 이어 진행된 2호선 전동차 입찰 물량은 400량으로, 우리도 여기에 참가하려고 준비하였다.

전동차는 차체 부분과 전기 부분으로 나뉜다. 차체는 일반 객차와 거의 같으나 전기 부문은 옛날 일제 때의 지상 전차와는 전혀 달랐다. 과거의 전차는 직류 모터를 사용하여 차가 움직이는데, 차의 속도는 오직 저항만을 이용하여 전류를 많이 혹은 적게 흐르게 하여 조절되다 보니, 열이 많이 발생하는 등의 단점이 있었다. 이에 비해 새로운 전동차는 초퍼(chopper:전류 신호를 끊었다 이었다 하여 증폭하거나 변환시켜 주는 장치) 시스템이라 하여, 마음대로 직접 전류의 흐름을 조절할 수 있는 간단하고 편리한 기술이 적용되었다. 우리나라는 그때까지 이 기술을 지닌 회사가 없어, 일본 회사에 의존할 수밖에 없었다.

나는 즉시 일본으로 건너갔다. 우선 차체 전문 제작회사인 일본차량(日本車輛) 회사를 방문하였다. 그곳 상무와 인사하고, 서울시 지하철 2호선 전동차 차체 도면 설계와 제작·감독을 요청하니, 쉽게 협조에 응하였다. 다음으로 도시바전기 회사를 방문하였다. 전동차에 필요한 전기제품 공급을 요청하였으나, 이들은 단번에 거절하였다. 이에 비해 미쓰비시전기 회사는 주요 전기제품 공급 요청에 협조하겠다는 답을 주었다. 일본차량과 미쓰비시전기, 양쪽에 전동차 1량당 금액 견적을 요청한 뒤 귀국하였다. 며칠 후에 일본의 양 회사로부터 도착한 견적 금액을 기초로 하여, 우리 공장에서 생산한 부품과 일본에서 도입할 부품의 조립 금액을 합산, 입찰서를 작성하였다. 3호선의 낙찰 가격을 참작하여 경쟁회사인 대우보다 훨씬 저렴한 가격으로 입찰가를 제출, 450량 전부를 수주하였다. 이리하여 3호선은 대우그룹, 2호선은 현대그룹이 전동차를 수주하여, 서울시에서 추진하는 지하철 건설 사업은 첫 단계가 완결되었다.

11

10.26과 12.12 사태 이후 보안사 조사를 받다

1979년의 10.26 사건은 모두 잘 아는 바와 같이 박정희 대통령이
암살된 사건이다. 이날 오후 대통령이 삽교천 방조제 공사를 마감하
는 행사에 참여하고 돌아왔다는 방송 뉴스가 있었다. 삽교천 방조
제는, 바다에서 흘러 들어오는 조류를 막고 농업용수를 확보하기 위
해, 충청남도 당진시 신평면 운정리와 아산시 인주면 문방리 간에 건
설했던 거대한 둑이었다. 그런데 갑자기 다음날 대통령이 시해되었다
는 보도가 나왔으며, 전국적으로 계엄령이 선포되었다. 이에 따라 현
대그룹에서 정부의 승인을 얻어 연간 1천만 톤을 생산하는 한국 제
2제철소를 건설하고자 하는 계획도 접혔고, 신형 K-1 전차 개발사업
도 보류되었다. 제철 사업을 위하여 모집한 직원들은 일단 현대차량
회사로 이직시킬 수밖에 없었다.

이해 12월 12일은 전두환 보안사령관과 그의 추종 군부가 서울을
점령한 날이다. 이날 나는 회사 일을 마치고 평상시와 같이 집으로
퇴근하고 있었다. 회사 건물은 광화문에, 집은 상도동에 있었기 때문

에, 퇴근하려면 용산을 거쳐 한강대교를 건너야 했다. 내가 탄 차가 한강대교에 이르니 경찰이 다리를 못 건너게 막고 있었다. 못 건너는 이유를 물어보아도 모른다는 대답뿐이었다. 우회하려고 서빙고를 통하여 동작대교를 건너려 하니 여기도 막고 못 건너게 하였다. 할 수 없이 동호대교도, 잠실대교도 지나 마지막으로 천호대교까지 와서야 겨우 다리를 건널 수 있었다. 집에 도착해서 보니 밤 12시가 지나 있었다. 다행히 내 차의 운전기사는 노량진에 집이 있어서 그 이상의 어려움은 없었다. 다음날 알고 보니 12.12사건이 일어난 것이었다.

이후 산업계에는 여러 가지의 변화가 있었다. 우선 동종 업종의 통폐합이 있었다. 이와 관련해서는 현대그룹은 두 개의 큰 문제가 있었다. 현대자동차와 대우자동차의 통합, 현대중전기와 효성중공업의 통합이 문제가 되었다. 나로서는 다행스럽게도 차량 제작회사의 통폐합은 논의되지 않았다. 일설에 의하면 현대자동차와 대우자동차 양 회사의 통합을 정부가 종용하였을 때, 대우자동차의 합작 파트너인 미국 GM 회사도 통합을 원했으나, 정 회장은 자동차 회사는 동생(정세영 회장)이 별개로 운영하는 작은 회사로 통합하기 어렵다고 하면서 통합을 환영하지 않았다고 한다. 현대중전기와 효성중공업의 합작 문제도, 현대는 생산 제품을 오직 수출만 하겠다는 조건으로 합작 권유를 피하였다고 한다.

이즈음에 나도 큰 시련을 겪게 되었다. 12.12 후 어느 날, 보안사령부에서 다음날 아침에 서빙고에 있는 보안사 조사실로 출두하라는 연락이 왔다. 사연은 이러하였다. 당시 철도청장은 나의 철도청 출입을 극구 반대한 당사자로, 그는 우리의 경쟁회사였던 대우그룹 쪽과 연결이 잘 되어 있다는 소문이 돌았다. 앞에서 이야기한 대로, 과거

IBRD 입찰 당시 우리는 객화차 제작 실적이 없다고 입찰 자격을 부정하는 바람에 애써 입찰에 참가하고도 실격되었던 적이 있었다. 우리가 디젤기관차를 제작할 수 있도록 정부승인을 받은 후에도, 그는 철도청에 현대차량의 기관차 제작 납품을 허용하려 하지 않았다.

이처럼 하도 우리와 틈이 벌어져 있는 사이였던지라, 철도청장이 동남아시아를 시찰하러 간다는 제보를 듣고, 나는 우리 회사 제품을 동남아에 널리 선전하여 달라는 서신과 함께 회사 카탈로그를 동봉하고, 그 속에 소액을 여비 보조 차 넣어두었던 일이 있었다. 12.12사건 이후 철도청장은 비리 혐의로 보안사에 체포되어 서빙고에 구금되었는데, 수사관으로부터 취조를 받던 중 현대에서 얼마간의 금액을 받은 일이 있다고 자백한 모양이었다.

보안사로부터 출두 요구를 받은 나는 이 사실을 정 회장께 보고하였다. 정 회장은 가서 사실대로 말하여 조사받으라는 말을 하였다. 다음날 아침 출근 시간에 서빙고의 보안사 조사실 정문으로 가보니, 그곳은 밖에서 보면 대문 하나 있는 평범한 집처럼 보였다. 그들은 입구에서 간단히 나의 신원을 확인한 후, 2층에 있는 작은 사무실 방으로 데리고 들어갔다. 상고머리를 하고 별로 친절하게 생기지 않은, 험악하게 보이는 사람이 나를 지켜보고 있었다. 얼마 있으니 종이와 펜을 가지고 와서 그동안에 있던 일과 청장에게 준 돈의 액수를 적으라고 하였다. 큰 금액도 아니고 하여 사실대로 기술하였다.

다시 다른 사람이 와서 나의 진술서를 갖고 나갔다. 아마도 청장의 진술서와 나의 진술서가 일치하는지 대조하는 모양이었다. 화장실에 가겠다고 하자 나를 지키던 사람이 따라 나왔다. 점심시간이 되어 간단한 식사가 나왔다. 식사 후 또 아무런 조치가 없었다. 저녁이 되고 퇴근 시간 무렵에 나는 다른 방으로 불려 갔다. 육군 대위 같은데 나에게 내가 쓴 진술서의 사실 여부를 물었다. 나는 "오직 우리 제품을 많이 수출하기 위하여 그분에게 부탁한 것"이라 대답하였다. 그는 나에게, "나가서 나라를 위해서 일 많이 하시라." 하고 퇴소시켜 주었다. 평생 그런 일과 그런 곳은 처음 겪은 경험이었다.

12

회사 안팎으로 어려움을 겪다

그 이후 현대차량 회사를 둘러싼 환경이 많이 달라졌다. 내가 업무
상 많이 접촉하던 국방부의 별 하나짜리 장군도 물러나고 담당 대
령도 물러났다. 대신 육사 19기 출신 한 명(고도웅 중령)이 대령으로
진급하면서 담당자로 왔다. 그는 별자리 진급을 노리고 있는 것 같
았다. 이 무렵 K-1 전차 생산을 시작하기 위하여 미국 측에 기술 협
조를 의뢰한 일이 있었다. 그들은 기술 제공료와 시제품 제작료를
합해 5억 불을 요구하였다. 회사 일감이 떨어져서 운영에 애로가
많던 시기여서 우리로서는 무리한 금액이었다. 그러나 회장님 지시도
있고 해서, 기술 제공료는 우리가 부담하겠으니 시제품 제작료는 국
방부에서 부담하여 달라고 요청하였다. 그러나 국방부에서는 일단
전액을 현대가 부담하고, 나중에 실제 제품 출하 시 정산하자는 것
이었다.

회사를 운영하는 입장에서는 참으로 난감하였다. 가뜩이나 일감
이 없어 많은 현장 직원이 놀고 있는데 이 금액을 모두 부담하라니

말이다. 버티고 있으려니 차차 국방부 담당 부서에서 나에게 압력이 들어오기 시작하였다. 사정을 알게 된 그룹 기획실에서 나에게 조언 하나를 해주었다. "예비역 장군을 한 분 채용하라고!"

마침 육사 19기 출신 고 대령과 같은 병과(기갑) 출신 예비역 이구 호 장군이 적당할 것 같다는 이야기를 들었다. 그 예비역 장군은 육 사 출신은 아니었지만, 같은 병과이니 어느 정도 역할을 해줄 수 있 을 것 같았다. 해서 그의 채용을 정주영 회장께 건의하였다. 정 회장 은 그를 채용하는 것에 대해 어떻게 생각하는지 국방부의 의사를 알아보라 하였다. 예비역 장군에게 그 말을 전하니, 국방부 고위관계 자가 좋다고 하였다는 것이었다. 나는 그런 줄만 알고 있었다.

이게 문제가 되었다. 앞서 말한 그 육사 19기 실세 대령은 자신의 의사와 상관없이 예비역 장군을 채용하려 한 것이 못마땅했는지, 국 방부 차관에게 가서 국방부의 내락을 받았다는 예비역 장군의 말이 사실인지 확인하는 등 사건이 확대되었다. 이 글을 쓰면서 알게 된 사실이지만, 이 장군은 5.18 당시 육군기계화학교장으로 있었는데, 시위 진압에 전차를 동원하라는 지시에 따르지 않아 신군부에 의 해 강제 전역된 분이었다. 이러니 고 대령이 그렇게도 화가 났던 모양 이다. 급기야 국방부 차관이 나를 보자고 연락이 와서 만나기도 했 다. 서로 관련 이야기를 주고받으며 전후 사정을 설명하니, 그는 나 에게 "당신이 정말로 애국자요" 하고 나를 두둔하여 주었다. 당시는 육사 17, 18기 전성시대인지라, 육사 19기 고 대령은 이후 진급하여 별을 달았다.

현대차량 회사에서의 내 어려움은 이뿐만이 아니었다. 설상가상으 로 정주영 회장의 노여움을 사는 일도 있었다. 그 무렵 내 밑의 경리 담당 중역의 부인이 암에 걸려 사경을 헤매는 일이 있었다. 그 중역이 마음이 뒤숭숭한지 마음도 안정시킬 겸 골프나 치러 가자고 해서 인천 골프장으로 갔다. 하필이면 이때 정 회장이 나를 찾았던 모양이다. 내 비서가 "전무님이 어디로 갔는지 모른다."라고 하자, 퇴근하면서 자기 집으로 오라 하여 불려가기도 하였다. 또한 정 회장은 매일 아침 7시에 그룹 간부회의를 열고 있었는데, 나는 아침잠이 많아 이 회의에 참석하지 않는 경우도 종종 있었다. 회장님은 이를 못마땅하게 여기고 있었다. 그래서인지 '기술자는 현장에서 일하여야 한다'고 하며 나보고 현장으로 가라는 것이었다. 더욱이 현대차량은 국방부와 철도청의 관급 일을 전문으로 하는 회사였는데, 시간이 지날수록 충분한 일감이 없어 흑자경영을 하지 못하는 등 악재의 연속이었다. 만일 내가 현대엔진에서 계속 근무하였다면 진급도 잘되고 급료도 급상승하였을 텐데, 중도에 현대차량으로 차출되어 근무하게 된 것도 운명일 수 있다. 돌파구를 찾던 나는 객화차 수출에 전념하였다.

13

인도네시아와 나이지리아 시장을 공략하다

'7년대한봉감우(七年大旱逢甘雨)'라는 말이 있다. 이는 7년간 비가 안 와 가뭄이 계속되던 끝에 단비가 내렸다는 것으로, 오랫동안 애타게 기다리던 일이 이루어짐을 이르는 말이다. 신라 최치원이 당나라 유학 때 과거에 응시하여 지은 '4희(四喜:네 가지 기쁨. 칠년 가뭄에 단비를 만날 때, 천리타향에서 친구를 만날 때, 달도 없는 밤 신방 불이 꺼질 때, 어린 나이로 과거에 급제할 때)'의 한 구절이다. 우리에게도 이 같은 일이 있었다. 앞서 말한 대로 납품한 기관차의 수리 유지를 위해 EMD 사로부터 A/S 부품이 수입되면서, 기술제휴의 조항에 따라 28%의 수익을 올리니 일시적으로 회사의 경영 사정이 좋아졌다. 12.12 이후 교체된 신임 철도청장(안창화 청장)도 전임자와는 달리 우리에게 호의적이었다.

이 무렵 인도네시아 철도청으로부터 한국철도청장에게 초청장이 왔다. 나는 철도청장에게 인도네시아 출장길 동행을 요청하였고, 그의 허락을 받아 인도네시아로 함께 떠났다. 자카르타 공항에 도착하

인도네시아 출장시 철도청장(앞줄 가운데) 및
인도네시아 철도청 관계자들과 함께(앞줄 맨 왼쪽)

니 인도네시아 철도청으로부터 승용차가 영접하러 나와 있었다. 다
음날 양국의 철도청장과 참모진이 회합하였는데, 철도청장은 나를
인도네시아 청장에게 소개해 주었다. 나는 그로부터 인도네시아 철
도청 산하 반둥에 있는 공장 견학 주선을 약속받고, 홀로 호텔에 돌
아왔다.

다음날 나는 기차를 타고 반둥공장을 견학하였다. 이곳에 가보니
간부들은 모두 인도인이었다. 이유를 물으니 관련 기술을 가지고 있
는 인도네시아 사람들(주로 말레이족)이 없어 인도인이 채용되었다
는 것이다. 책임자와 점심 식사를 마치고 다시 기차로 자카르타로 돌
아왔다. 기차 안 옆자리에 앉은 인도네시아 사람이 여러 가지로 자기
나라 사정을 이야기하여 주었다. 그의 말에 의하면, 인도네시아인은

현대식 농업기계를 사주어도 그것은 쓰지 않고 재래식 방법을 고수한다고 하였다. 그래서 발전이 잘 안된다 말하였다. 재미있는 광경은 기차가 자카르타역에 가까이 접근하는데, 철도 옆 경계선 쪽에 앉아 있던 사람들이 순서대로 일어서는 것이었다. 이유를 물으니 그들은 변을 보는 것이란다. 화장실을 특별히 건축한 것이 아니라, 1m 높이의 간단한 나무 펜스를 철도 경계선을 따라 친 것이었다. 화장실에도 화장지 대신 물동이와 작은 바가지가 놓여있었다.

자카르타에 돌아온 뒤, 인도네시아 철도청 차량국장을 만나서 우리의 입찰 참가를 알리고 화물차 입찰 관련 서류를 전달하였다. 그는 야간에 자기 집으로 찾아오라는 것이었다. 아마도 공적인 사무실보다는 편한 자기 집에서 우리의 선물(?)을 받기를 원했던 모양이었다. 다음날 저녁 현대종합상사 현지 사무소와 합동으로 인도네시아 철도청 간부를 초청하여 만찬을 열었다. 이때 입찰에는 성공하지 못하였으나, 추후 인도네시아 수출길은 터놓은 셈이었다. 이튿날 나는 귀국하였다.

이후 현대종합상사 나이지리아 사무소에서도 입찰 관계 협의를 위하여 방문해 달라는 연락이 왔다. 나는 경유지로 영국 런던에 도착한 뒤, 나이지리아행 비행기를 타기 위하여 히드로(heathrow) 공항으로 갔다. 영국의 런던지사 직원이 말해주기를, 나이지리아로 가려면 가급적 나이지리아 여객기에 탑승하는 것이 좋다고 하여, 그 나라 비행기 편을 이용하였다. 히드로 공항까지는 정주영 회장의 장남으로 당시 런던에 체류하고 있던 정몽필 씨가 안내하여 주었다.

나이지리아 수도 라고스(Lagos) 공항에 도착하여 출입국 관문을 통과해 나와보니, 사전에 통신 연락이 안 된 모양인지 현대종합상사에서 아무도 나와 있지 않았다. 공항 밖으로 나가는 출구로 가는데, 택시 기사 20여 명이 다가와 나의 여행 트렁크를 서로 가져가려고 하였다. 자기 택시를 타라는 것이었다. 얼굴 검은 사람들이 갑자기 나에게 달려드니 공포심이 솟아올랐다. 픽업할 사람이 나온다고 해도 그들은 가지 않고 근처에서 나를 계속 주시하고 있었다. 아무리 주위를 둘러보아도 동양인은 보이지 않았다.

　20분쯤 지났을 무렵, 멀리서 동양인 두 명이 공항 대기실 내부 쪽에서 나오고 있었다. 참으로 반가웠다. 무조건 다가가 어느 나라 사람이냐고 물어보았다. 그들은 일본인이라길래, 나는 "한국인이고 현대그룹에서 근무하는데, 아무도 픽업하러 나오지 않았다. 저기 택시 기사들이 서로 자기 차를 타라고 말하는데 무서워서 못 타겠다. 나 좀 태워줄 수 없느냐"고 말하였다. 그들이 대답하기를, 자기들은 일본 미쓰비시 그룹의 라고스 지사 직원인데, 자기네 회사 상무가 며칠 전에 왔다가 귀국하는 길에 환송 차 나온 것이고, 그들은 상무가 탄 비행기가 떠나는 대로 시내로 돌아갈 예정이니 잠깐만 기다리라고 하였다. 그러면서 자기들은 현대상사 라고스 지사 사무실 위치도 알고, 현대 직원들과도 아는 사이라 하였다. 나는 안도의 한숨을 쉬었다. 얼마 후 그들은 차를 갖고 와서 나의 트렁크를 차에 실었다. 그제야 주변에 있던 현지 택시 기사들이 사라졌다.

　시내로 들어가는 길 주위는 전부 모래사막이었다. 차를 태워준 일본 사람들 말로는, 이따금 택시 기사가 승객을 태우고 오다가 돈을 뺏고 죽이고 하는 사고도 있다고 하며, 도중에 매장하면 바람으로 모래가 날려서 어딘지 그 위치도 못 찾는다고 하였다. 소름이 오싹하였다. 시내로 들어온 뒤, 그들은 10층이 넘는 고층 빌딩 앞에서 차를 세우며 9층에 현대 지사 사무실이 있다고 알려주었다. 차에서 내려 트렁크를 들고 9층으로 가기 위하여 엘리베이터를 눌렀는데, 하필 정전이었다. 할 수 없이 트렁크를 들고 계단으로 9층까지 걸어 올라갔다. 두어 번 쉬고 올라갔는데도, 정말로 힘이 들었다. 사무실 문을 두드리고 들어가니, 직원들이 깜짝 놀라며 왜 연락을 하지 않았느냐고 하였다. 런던 사무실에서 전신으로 연락하였지만, 통신환경이 낙후하여 통지가 아직 도착하지 않은 모양이었다.

다음날이 일요일이라 관광을 가자고 직원에게 말하니 사고를 당할까 무서워 교외로 잘 안 나간다는 것이었다. 그래도 이 사무실 지역은 과거 영국인이 많이 살던 곳이라 비교적 안전지역이고, 집집마다 안전 셔터도 설치되어 있다고 하였다. 사무실 밖으로 나가보니, 흑인 하나가 나무로 만든 간단한 조각품을 보여주면서 "이 나무는 물에서도 뜨지 않는 특수한 나무"라며 사라고 하여, 한두 개 사서 돌아왔다. 저녁 식사는 근처 중국 음식점에 가서 먹었는데, 맛은 좀 별로였다. '짜이짜이'라는 음식이 있어 시켜보았더니, 오이 피클이 나왔다.

식사 후에 돌아와 보니, 사무실 위층에 내 숙박실로 예약이 되어 있던 방 실내가 물바다였다. 아침에 세수하려고 수돗물을 틀었는데, 정전이어서 물이 안 나와 밸브를 잠그지 않고 그대로 나간 모양이었다. 밖에 나간 사이 다시 전기가 들어와 밸브에서 계속 물이 나온 것이다. 관리인에게 연락하여 사실을 말하니 걱정하지 말라고 하며 종종 그런 일이 있다고 하였다.

다음날 여러 가지 입찰서류와 회사소개서 등 제반 사항을 협의하고 오후 5시 비행기를 타기 위하여 시간에 맞추어 공항으로 출발하였다. 비행기 티켓에는 보통 탑승 2시간 전까지 공항에 나오라고 안내되어 있었다. 체크인하려 가보니 길게 줄을 서 있었다. 나도 줄 뒤에 서서 한 사람 한 사람씩 앞으로 가는데, 내 앞으로 한 열 명 정도 남아 있는 상태에서 이제 끝났다는 것이다. 비행기 표 예약이 되어 있다고 항의해도 소용이 없었다. 항공사에서 제공하는 호텔에서 1박 한 후, 다음날은 전날보다 1시간 서둘러서 탑승 3시간 전에 나갔다. 나는 여러 가지가 겁이 나서, 회사 사무실 직원에게 연락하여 내가 비행기 탑승하는 것까지 보고 가라고 하였다. 이곳에서는 탑승장까지 환송객이 나올 수 있었다. 겨우 체크인한 후 이제 비행기에 오르려는데, 공항 직원이 호주머니에 있는 것을 모두 꺼내란다. 주머니에서 패스포트와 지갑을 꺼내니, 그가 열어보고 영국 화폐 50파운드를 자기 주머니에 넣으면서 "OK"하고 비행기 안으로 들여보냈다. 지갑에는 일본 화폐와 한국 화폐도 들어있었으나, 그들은 이 돈에는 관심이 없었다.

비행기는 다음날 아침에 런던 히드로 공항에 도착하였는데, 정몽필 씨가 마중 나와 있었다. 그는 전날 아침에도 나왔던 모양으로, 내가 비행기에 탑승하지 못한 탓으로 그냥 돌아갔다고 말하는데, 좋은 얼굴이 아니었다. 그가 공항에 마중 나온 목적은 나와 골프를 치기 위함이었다. 이날도 사무실에 도착하자마자 골프를 치자는 것이다. 마침 김영주 회장이 있길래 말씀드리니, 가서 함께 플레이해주라고 하였다. 몽필 씨와 단둘이 나가서 골프장에 갔는데 내기골프를 치잔다. 당시 그는 아무 할 일도 없이 사무실에 왔다 갔다 하면서 세월을 보내고 있었다. 정주영 회장으로부터 절대로 사무실에서 돈을 내주지 말라는 명령이 있었다고 한다. 대재벌 장남으로서는 참으로 불쌍하기도 하였다. 나보다는 골프 실력이 나아서 나는 수십 달러를 잃고 게임이 끝났다.

다음날 나는 귀국하였다. 며칠 후 갑자기 공장장이 서울에 와서 철도청에 납품할 화차들이 표면이 울룩불룩하여 불합격될 처지에 있다고 하면서 어찌하면 좋으냐고 걱정하였다. 내가 공장에 내려가 보고 판단하겠다고 대답하였다. 내려가 보니, 화차 표면에 광택 흑색 페인트가 칠해져 있었다. 나는 즉시 무광택 흑색 도료를 사용하여 다시 도장(塗裝)하라 지시하였다. 광택 도장을 사용하였을 때는 태양 반사가 심하여 몹시 우그러져 있는 것처럼 보인 것이다. 무광택으로 바꾸자 그리 흉하지 않아 검사에 합격하였다.

4장

현대그룹 퇴사와
한라그룹에서의 마지막 직장생활

1

사실상의 좌천, 창원공장 주재를 명령받다

1983년 정주영 회장이 어딘가 갔다 오더니 갑자기 나를 불렀다. 예비역 장군 채용 문제를 국방부 누구의 승인을 받았느냐고 물으시며 국방부로 가신다는 것이었다. 아마 위에서 말한 육사 19기 별이 부른 모양이었다. 19기의 위력이 그렇게도 컸던 시대이다. 앞서 말한 대로 나에게 불만을 품고 있던 육사 19기 별은, 정주영 회장에게 몇 번 연락하여 전방위적으로 나를 음해하곤 하였다. 정 회장은 갔다가 무슨 말을 들었는지, 다시 나를 불러서 "내일부터 창원공장으로 내려가라." 하였다. 나는 그냥 "네, 알았습니다." 하고 대답하였다. 그리고 다음날부터 현대차량 창원공장 주재 근무를 하게 되었다.

그런데 그후 얼마 지나지 않아 웬일인지 국방부에서 나를 음해한 19기 별이 전역하였다. 들리는 소문으로는 미국 측과 방산 협상 과정에서 문제가 있었던 모양이었다. 그는 군복을 벗은 뒤 현대차량으로 채용되었는데, 몇 년 간 현대그룹에서 일하다 저세상으로 떠났다. 나와는 화해할 시간도, 기회도 없었다. 육사 19기 별이 얽힌 이 사건으로 내 운명에는 변화가 있었으며, 이후 내 현대그룹에서의 직장생활은 하향곡선을 그리게 되었다. 이때를 전후하여 현대차량 정문도 사장 아래서 일하던 시기, 나를 위시하여 중역은 한 사람도 승진한 사람이 없었다. 자기 보신이 먼저였나 보다. 편하게는 지냈지만!

어쨌거나 이때 창원으로 내려간 일은 나의 일생일대 큰 실수였다. 이때 정 회장께 나의 모든 전후 사정을 말씀드려야 했는데, 아무 설명 없이 그대로 창원공장으로 내려온 것이다. 나의 운명을 바꾼 일은, 말하지 않아야 할 때 말하고, 말해야 할 때 말하지 않은 일이다. 과거 현대양행 공장장 시절 정인영 회장이 신임 부사장에게 복종하라 할 때 "알았습니다." 하면 간단히 끝났을 것이었다. 이번에는 반대로 정주영 회장이 창원공장으로 내려가 근무하라 할 때 전후 사실을 고하였으면 사정이 달라질 수도 있었는데, 그냥 "알았습니다." 하고 내려온 것이다. 나의 잘못이었다.

창원에서 근무하면서 나는 새로운 일에 몰두하였다. 당시 서울에서 부산까지 가장 빠르게 가는 새마을 열차가 3시간 50분이 걸렸는데, 어찌하면 운행 시간을 단축할 수 있는가를 생각하기 시작하였다. 시간당 열차가 200㎞로 주행한다면 서울-부산 간은 2시간 반이면 충분히 운행할 수 있는 거리였다. 그런데 기존의 노선은 구부러진 곳이 많아서 그런 속도로 운행할 수 없었다. 이것이 단순 거리상 계산보다 시간이 더 걸리는 이유였다.

노선의 구부러진 정도를 숫자로 표시하는 것을 곡률반경이라 하는데, 곡률반경이 클수록 차는 빨리 달릴 수 있다. 시간당 300㎞로 운행하려면 곡률반경이 4,000m가 되어야 한다. 곡률반경이 적은데 빨리 달리면 기차는 원심력에 의하여 전복된다. 조사해 보니 경부 간

틸팅 열차 시스템 개발을 위해 이탈리아로 출장 시

에는 곡률반경이 500m가 되는 데가 여러 곳 있다고 하며, 직선으로 쭉 1km 이상 주행할 수 있는 곳도 몇 구간 외는 별로 없다고 하였다. 그러므로 경부 간 열차 운행 시간이 빨라야 4시간 가까이밖에 안되는 것이었다. 곡률반경을 늘려서 시간을 단축하려면 엄청난 토목공사를 해야 하므로, 이는 쉬운 일이 아니었다.

이와는 달리 노선을 그대로 두고 차량을 개조하여 이를 해결하는 방법이 있었다. 바로 '틸팅(tilting) 보기'라는 시스템이었다. 보기는 차바퀴를 묶은 하체 부분으로, 앞뒤 두 군데에 있다. 틸팅은 운전 조건에 따라 차체의 각도를 조절하는 일이다. 차량이 곡선 구간을 고속으로 달릴 때 차량이 전복되지 않도록 하려면 전복되는 쪽의 각도를 틀어 높여 주면 되는데, 이 역할을 하는 것이 바로 '틸팅 보기'이다. 이 틸팅 보기는 스웨덴의 아세아 차량회사(ASEA：Allmanna

Svenska Elektriska AB)의 특허로, 이탈리아에서도 시험 운행되고
있었다.

 나는 이 시스템을 도입하여 경부선에 적용하면, 대규모 선로 공사
의 실행 없이도 2시간 30분이면 운행할 수 있다고 생각하였다. 이탈
리아로 가서 틸팅열차 탑승도 해보았다. 틸팅 보기의 시제품을 제작
하여 서울공대 염영하 교수에게 분석연구를 부탁하였으며, 기계공업
연구소에도 연구를 의뢰하였다. 틸팅열차 제작 건으로 철도청에 접
촉하기도 했으나 실현되지는 못하였다. 나중의 일이지만, 1987년 6월
민주화운동으로 노태우 씨가 대통령으로 입후보하면서 현대 측에
도 좋은 아이디어를 구하였다. 현대차량에서는 경부고속전철을 건설
하면 좋겠다고 건의하였고, 전적으로 우리의 제안만이었는지는 모르
겠으나, 이것이 바로 채택되어 공약으로 발표되었다.

2

현대엔진회사 이직을 명받고,
사표를 주머니 속에 넣다

1986년 어느 날, 갑자기 사장이 바뀌었다. 정 회장의 둘째 아들 몽구 씨가 사장이 된 것이다. 현대그룹 기획실에서 창원공장의 장부 내용을 비밀리에 검색(감사)하였다는 소문도 있었다. 그리고 한두 달 후에 정주영 회장이 헬리콥터로 공장에 온다는 연락이 공장장에게 왔다. 나를 위시하여 전 중역이 한 줄로 헬리콥터장에 도열하고 있었다. 곧 헬리콥터가 굉음을 내며 도착하였는데, 정 회장은 내리자마자 "헬리콥터 기름 준비했어?" 하며 큰 소리로 불호령을 하였다. 나는 영문도 몰라 어리둥절하고 있는데, 공장장이 슬며시 달아나는 것이었다. 정 회장의 불호령이 마구 계속되었다. 나도 슬그머니 화가 나서 자리를 떠났다. 이유도 없이 불호령이었다. 이윽고 정 회장은 다른 몇 사람과 함께 사무실로 들어갔다.

나중에 안 사실이지만, 공장장에게 헬리콥터 기름을 준비해 두라는 사전 연락이 있었다. 그런데 공장장이 기름을 구하기 위하여 부산

현대엔진 시절 창원기술인 간담회 참석

공항으로 연락해보니, 비행기 연료는 특수하기 때문에 아무 통에나
담을 수 없고, 오직 비행기 연료 전용의 통을 갖고 와야 한다고 한
모양이었다. 그래서 연료통을 미처 준비하지 못한 공장장은 정 회장
이 도착하자마자 달아나버린 것이다. 나는 영문도 모르고 당하였다.
회장님은 그런 사정을 모를 수도 있지만, 헬리콥터 운항 기사는 알았
을 것이 아닌가. 우리에게 미리 알려줄 수 있었을 텐데 말이다.

　얼마 지나서 사무실로 돌아가 보니 정 회장이 나에게 공장 현장을
안내하라 하였다. 현장을 도는 동안 회장은 "적자만 내고!" 하셨다.
나도 큰소리로 "적자 나지 않았습니다."라고 대답하였다. 정 회장은
나에게 "내일 아침에 공장장과 함께 서울 내 사무실로 와!" 하고는
헬리콥터를 타고 떠나버렸다. 사실 이때는 회사는 적자 상태는 아니
었다. 게다가 경부고속전철을 준비하고자 프랑스의 알스톰(Alstom)

회사와 열심히 접촉하고 있었다. 이때 세계에서 고속전철을 운용하고 있는 나라는 2개국이었다. 하나는 일본이고, 다른 하나는 프랑스였다. 일본의 고속철도인 신칸센(新幹線)은 도쿄에서 오사카까지 운행하였는데 시속이 250km이고, 프랑스의 고속철도 떼제베(TGV)는 파리에서 리옹까지 신설 운영하고 있는데 시속 300km라 하였다. 우리는 속도가 좀더 빠른 프랑스를 염두에 두고 알스톰 회사와 접촉한 것이다.

정 회장이 다녀간 다음날 아침에 서울 회장실에 들렸다. 정 회장은, 나는 현대엔진 회사로, 공장장은 현대중전기 회사로 가라고 하였다. 다음날 벌써 현대정공 회사가 현대차량을 흡수하였고, 창원공장도 오후에 현대정공 회사로부터 신임 공장장이 와 있었다. 이렇게 일사천리로 진행되었던 것이야 재벌회사의 운영방식이기도 하지만, 헬리콥터 기름 준비하라고 호통친 것도 나와 공장장을 뽑아내기 위해 사전에 이미 계획한 일종의 쇼라고 느껴졌다. 이것도 용병술의 하나인가 생각하면 씁쓸한 추억일 뿐이다.

지난 현대차량 회사 시절을 생각하면 감회가 깊었다. 우선 현대차량 정문도 사장은 경제기획원 차관보 출신으로, 영어에 능통하고 가곡도 명창 수준으로 부르는 등, 재주가 많은 분이었다. 골프도 비교적 잘 쳤다. 특히 조크가 풍부하여 모임에서 사람들을 웃기기도 잘하였다. 한번은 이런 일이 있었다. 철도청의 관계자 여럿을 초대하여 저녁 식사를 대접하는 중에, 인사말을 하면서 이런 조크를 하여 모두를 웃겼다. 어느 선로 위에서 젊은 남녀가 정사를 하고 있었다. 기관사가 그들을 발견하고 기적을 울렸는데도 정사를 계속하여, 겨우 그들 바로 앞에서 기차를 세울 수 있었다. 기관사가 내려서 벌거벗고 있는 젊은이들에게 큰소리로 "너희들 죽으려고 이러느냐?"라고 호통 쳤다. 젊은이 왈, "기차는 브레이크가 있어서 설 수 있지만, 우리들의 정사는 브레이크가 없어 그치지 못했다." 하고 말하였다는 것이다. 모인 사람들이 모두 한바탕 웃음바다가 되었다.

조크 잘하기로는 현대양행 정인영 회장도 못지 않았다. 이 분은 외국인 손님이나 고객을 대할 때는 거의 상대에 따라 알맞게 조크를 말하여 분위기를 부드럽게 한 후 비즈니스를 잘 이끌었다.

여하간 현대차량 시절 우리 사장은 공무원 출신이라 사업관계는 주로 내가 맡아서 하였으며, 중역들 사이에서도 아무 다른 의견이나 충돌 없이 8년간을 즐겁게 지낼 수 있었다. 그러나 반면에 나를 위시하여 전 중역 중에 그 시기 동안 승진한 사람이 아무도 없었다. 직장인은 승진을 해야 급료도 따라 오르는 법이니, 현대차량의 중역들은 그룹 내 다른 계열사 중역들에 비하여 손해가 큰 것이었다. 나는 일단 사직서를 써서 포켓에 넣고, 다음날 울산에 있는 현대엔진 회사로 출근하였다.

3

현대엔진에서의 새로운 업무와
뜻밖의 부사장 승진

회장께 이직 신고를 하고 어색한 상태로 엔진회사에 출근하였다. 모두 이상한 눈으로 나를 바라보았다. 당시 엔진회사 사장은 나의 대학 2년 후배였고, 김영주 씨가 회장으로 있었다. 내가 처음부터 계속 이곳에 근무하였더라면 나도 만만치 않게 승진하였을 텐데 사람의 운명이란 어쩔 수 없다고 생각하였다. 포켓에 넣어 두고 있는 사직서를 제출할까 말까, 그것이 문제였다. "to be or not to be, that is my question"이라는 셰익스피어 희곡 한 구절이 생각났다. 그래도 아들딸들이 아직도 박사과정을 수학하고 있어서 사직하기는 이른 것 같아 당분간 귀추를 본 후에 사직 여부를 결정하기로 하였다.

사실 나의 운명은, 앞서 말한 대로 일찍 관상쟁이에게서 들은 바가 있었다. 내가 대학 졸업할 때 비록 서울대학교 공과대학을 졸업하였어도 마땅히 취업할 곳이 없었다. 호기심 반 우울함 반으로 관상쟁이에게 사주를 보러 간 일이 있었다. 그가 여러 가지 내 운세를 말하

현대엔진 시절 회사를 방문한 정인영 한라그룹회장(앞줄 왼쪽)과 함께
(뒷줄 왼쪽에서 두 번째, 앞줄 오른쪽은 김영주 회장)

는 가운데, 내가 쇠(금속)와 관련있는 직업을 가질 것이며, 내 직장이 32~3세에 한 번, 42~3세에 또 한 번 직장이 바뀔 것이라 말한 적이 있었다. '40세부터 20년간 대운(大運)이지만, 귀를 보니 정승·판서까지는 안 된다'고도 하였다. 한학을 많이 하셨던 장인어른도, "자네 귀만 잘생겼으면 크게 될 사람인데" 하시며 항상 아쉬워하셨다. 참으로 기이한 일이다. 30대 초반에 철도청에서 현대건설로 이직하였으며, 40대 중반에 정인영 회장 산하 현대양행에서 정주영 회장 산하로 이적하였으니 억지로 맞추면 들어맞는다고 할 수 있지 않은가. 요사이 같으면 얼굴도 마구 뜯어고치는 세상인데 귀 수술 정도야 간단한 일이라, 수술이라도 받아서 정승판서도 노려보았을 텐데 참으로 아쉽구먼!

현대엔진으로 출근 후 내가 맡을 업무가 결정되었다. 이때 마침 조선 경기가 안 좋아 나는 새로이 산업기계 시설 영업을 하기로 하였다. 당시 현대엔진 회사는 설립 이후 몇 년간 운영되면서 생산 영업 조직이 완성되어, 내가 들어갈 마땅한 룸이 없었기 때문이었다. 두 사람의 중역과 또 몇 사람의 직원을 할당받아 '산업기계 영업부'라 칭하였다. 현대그룹 계열 각 사에서 기계설비를 증설하는 곳을 찾아다니며 수주 활동을 하였다. 외국 자동차 회사와도 연락하여 영업하였으며, 특히 미국 GMC 자동차회사로부터 부품 수주도 하였다. 필요한 기계 4~5대를 구입, 설치하여 제법 신설 부서 단독 운영이 가능하게 되었다.

　이 무렵 서울 현대종합상사로부터 연락이 왔다. 박영욱 사장을 만나보니, 현대종합상사에 와서 일 좀 해달란다. 내가 기계도 잘 알고 수출입 업무도 많이 하여, 그룹 내에서 적당한 사람을 찾아보아도 내가 제일 적격이라는 것이다. 정주영 회장께는 자기가 승인을 받겠다고 하였다. 나는 박 사장에게 현대종합상사로 가서 일할 의사가 있다고 말하였다.

　우선, 울산에서의 생활은 너무나 고달팠기 때문이었다. 서울에서 근무하면 집에서 따뜻한 밥 먹고 근무할 수 있었지만, 여기서는 꼭 두새벽에 일어나 공장으로 집합하여야 했다. 공장은 주야 2교대로 일하는데, 매일 새벽 5시에 김영주 회장이 공장 내부 곳곳을 살피며 순시하였다. 중역 10여 명은 미리 모여 그분의 뒤를 따라다녀야 했다. 그분보다 늦게 나오면 눈치가 보여 모두 5시 이전에 나와 도열하는 것이다. 한 바퀴 돌고 나면 오전 7시가 되는데, 그때 구내식당으로 가서 아침을 먹고 사무실로 출근하였다. 오후 5시가 되어 다시 구내식당으로 가서 저녁을 먹고 나면 하루 일과가 끝난다. 낮에는 꾸벅꾸벅 졸고 있는 중역도 많았다.

김영주 회장은 자기 집으로 가서 점심을 마치고, 회사 맞은편 다이아몬드 호텔에 있는 회사 전용 객실로 가서 쉬었다가 다시 회사로 온다. 그분의 가족이 그리하시지 말라 하여도 막무가내였다. 밤이 되면 뜻이 같은 몇몇 사람이 모여 겨우 고스톱이나 치는 것이 그나마 우리가 누릴 수 있는 자유시간이었다. 이런 생활이 지속되니 참으로 공장 생활이 고달팠다. 게다가 토요일 상경하여 하룻밤 자고 다시 오후 5시 울산행 버스를 타고자 정류장에 오면, 집사람이 언제나 눈물을 흘리는 안타까움이 있었다. 제발 울지 말라 하여도 늘 울고 있었다.

이런 차에 서울 종합상사로 오라니 얼마나 다행인가. 나는 마음을 굳혔다. 김영주 회장은 정주영 회장의 매제이니, 이직을 위해서는 그분의 허락도 얻어야 한다고 생각했다. 나는 그분 사무실로 가서 말하기를, "서울 현대종합상사에서 오라는데 가야겠습니다. 9년이나 전무 직위를 유지하니 희망도 없습니다." 하였다. 그랬더니 김 회장이 대답하기를, "내일 당장 진급시켜 주겠다."라는 것이다. 그리하여 정주영 회장의 승인을 얻어 다음날 바로 부사장이 되었다. 그러면서 엔진회사에서 더 일하라고 명하였다. 이렇게 쉬운 승진을 9년간이나 쉬었으니, 관상쟁이 말대로 내 못생긴 귀 때문인가!

이 무렵 정주영 회장과 골프 모임을 가졌던 일화가 있다. 어느 날 정주영 회장께서 울산에 온 김에 골프를 치려고, 울산에 있는 그룹 회사에서 각 1명씩 지정하여 조를 편성하였다. 현대엔진 회사 대표로는 내가 지정되었는데, 조 편성도 회장님 조에 들어갔다. 현대조선에

214

서 1인, 현대자동차에서 1인, 현대엔진에서 나, 그리고 회장님 이렇게 4명이 같은 조로 편성이 되었다. 회장님과 같은 조에 들어간 모두 다 고민에 빠진 것 같았다. 회장님보다 잘 쳐도 문제, 잘 못 쳐도 문제인 것이다. 잘 치면 "일은 안 하고 골프만 쳤느냐" 할 것이고, 잘 못 치면 "운동 신경이 그렇게도 나쁘냐" 하고 타박할 것이라 예상들 하였으리라.

김영주 회장이 나를 보고 하는 말씀이, 정 회장님과 골프 칠 때는 첫째 드라이버 거리는 회장님보다 짧게 칠 것, 둘째 골프 퍼터와 홀 간 거리가 짧으면 생색내듯이 "기브(give:골프에서 상대방이 그린에 올린 볼이 핀에서부터 퍼터 길이보다 짧은 거리에 있을 경우, 넣은 것으로 간주해 퍼팅을 생략해 주는 것. conceder라고도 한다)입니다"라 하지 말고, 정중히 "기브를 받으시지요" 하라는 것이다. 다음날 아침 경주 골프장으로 갔다. 첫 홀에서는 같은 조 사람들 모두 드라이브 거리가 정 회장보다 짧았다. 정 회장이 그린 온(green on) 한 후에 보니 공과 홀의 거리가 1m가 조금 넘는 것 같았다. 나는 재빨리 "기브를 받으시지요" 하였더니, "그래" 하시며 즐겁게 볼을 집었다. 현대자동차에서 참석한 친구는 스코어가 회장님보다 좋았는데, 마지막 홀에서 친 공이 좌우로 마구 흐트러졌다. 아마도 고의로 그런 것 같았다.

4

기계과 전공을 살려,
대형공작기계 제작공장을 기획하고 건설하다

현대엔진에서 내가 맡은 산업기계 분야의 영업도, 생산도 잘되었으나, 나는 새로운 사업을 하고 싶었다. 과거를 돌이켜보면, 교직 생활을 그만두고 난 뒤 객화차도 제작하여 보았고, 시멘트공장 건설에도 참여하였다. 양식기, 한식기에서 시작하여 중장비 크레인, 자동차 엔진, 대형선박 엔진, 군사용 탱크, 기관차, 지하철 등을 만들어 보았다. 현대양행 안양공장, 군포공장, 자동차엔진 가공공장, 주물공장, 단조공장, 선박용 엔진공장, 탱크공장, 기관차공장 등 기계과 졸업 출신자로는 많은 공장들을 기획 건설하였다. 그러나 정작 내 전공과 가장 가까운 공작기계 공장을 기획 건설해보지 못하였다. 그런 이유로 대형공작기계 공장을 건설하고 싶었다. 국내에는 아직 대형 공작기계를 만드는 회사가 없었기 때문이다.

마침 그룹 계열사인 현대정공 회사에서 소형 공작기계를 만든다는 이야기를 들었다. 그렇다면 나는 대형 공작기계를 만들자고 결심하

대형공작기계 생산에 매진할 당시 서울 국제공작기계전에 참석한 필자
(두 번째줄 왼쪽에서 세 번째)

였다. 그런데 내가 만들려는 제품들은 한국에서는 처음으로 만드는 것이어서, 반드시 외국 기술의 협조가 없이는 불가능하였다. 내가 제작하려는 대형 공작기계는 플레이노 밀러(plano miller:대형 공작물의 평면을 가공하거나 뚫을 때 사용하는 공작기계)가 우선이었다. 독일의 발드리히 지겐 회사에 기술제휴를 요청하였으나 불가라 하여 일본의 신일본공기(주)에 기술제휴를 요청하였다.

다행히 신일본공기 회사 창업자 손 사장과 정주영 회장은 잘 아는 사이였다. 특히 손 사장은 이북 출생 교포로, 북한도 가끔 가는 모양이었다. 강원도 통천이 고향인 정 회장은 손 사장을 만났을 때 금강산 개발을 이야기한 적도 있다고 한다. 금강산을 개발하려면 북한 정부의 허락이 필요한데 손 사장이 북한에 가는 경우가 있어 그런

문제를 이야기하였던 모양이다. 십여 년 뒤의 일이지만, 정주영 회장은 특유의 뚝심으로 금강산 개발을 이루어내었다.

신일본공기(주) 손 사장의 큰아들은 이 회사의 전무이사로 대형 공작기계를 만드는 공장을, 둘째 아들은 음료수 캔을 만드는 공장을 맡아 경영한다고 하였다. 공작기계 제작 연간 매출은 당시 600억 엔이고, 캔 제작 연간 매출은 4000억 엔이라 하였다. 손 사장은 일본 여성과 결혼하였는데, 전무이사인 큰아들은 한국말을 전혀 모르고 있었다. 나는 그를 찾아가 기술제휴를 협의코자 하였다. 그런데 그는 나에게 절대로 이 사업을 하지 말라는 것이었다. 사실 그의 제품은 일본, 한국, 중국이 주요 시장인데, 한국에서 같은 제품을 만드는 것이 달가운 일이라고 생각할 리가 없었다. 그러나 자기 아버지와 정주영 회장의 관계를 아는 터라 일거에 반대할 수도 없고 난처한 모양이었다. 오전 내내 내게 하는 말이, 공작기계 시장은 넓은 것이 아니니 이 사업을 하지 말라는 것이었다. 오후에도 같은 말만 되풀이하였다.

오후에 귀국하고 며칠 후에 다시 일본으로 가서 손 전무를 만나 협조하여 달라고 요청하였다. 그의 태도에 변화가 없어, 할 수 없이 나는 그의 감성에 호소하였다. "당신의 가슴에는 한국인의 피가 흐를 것이다. 한국에도 이런 대형기계 제작공장이 하나는 있어야 하지 않을까?"라고 말하였다. 그에게 애국가와 태극기도 설명하여 주고, 한국의 역사도 이야기하여 주었다. 하도 내가 끈질기게 요청하니 그도 마지못해 승낙하였다. 그러나 신일본공기 회사와 맺은 협약은 우리로서는 불충분하게 끝을 맺었다. 즉 공작기계의 몸체는 우리가 만들지만, 가장 주요 부분인 헤드(head)는 자기 회사로부터 수입하라는 것이었다. 게다가 한국에서 조립, 완성한 제품은 해외로 수출하지 않고 국내에서만 판매한다는 조건으로 협의가 되었다. 모든 기술은 헤드 속에 있는데, 그 안에 자동화 정밀 가공되는 시스템이 들어있는 것이다.

이렇게 불충분한 협의를 받아들인 나의 속셈은 따로 있었다. "마당 빌어 봉당(封堂:안방과 건넌방 사이에 있는 마루 대신 흙바닥 그대로 둔 곳) 빌어 안방으로 들어간다"라는 속담과 같이, 단계를 거쳐 일본 측으로부터 헤드 기술을 전수받으려는 것이었다. 또는 시간이 걸리더라도 우리 자신이 연구하여 헤드를 만들려는 생각도 있었다. 귀국 후 이를 바탕으로 사업계획서를 만들어, 정 회장께 결재를 올렸다. 생산 첫 해 매출액을 900억으로 산정하였다. 그러나 정 회장은 보자마자 퇴짜를 놓았다. 매출액이 적다고 다시 만들어 오라는 것이었다. 매출을 무작정 늘려놓을 자신이 없어 연간 매출액을 1,200억으로 작성하고 계획서를 갖고 갔다. 회장은 "내가 하면 1,500억은 팔 수 있어." 하면서 겨우 결재를 얻었다.

그런데 정 회장은 공작기계 공장 건축을 위해 별도의 전용부지를 마련하여 주지 않고, 기존의 엔진 가공공장 옆에 지으란다. 공작기계 사업이 잘 안되면, 새로 만들 공장을 엔진공장용으로 돌려 재활용할 심산인 것 같았다. 나는 좀 실망하였다. 별도 부지에 공장을 지어서, 현대엔진 회사에 소속되지 않은 완전히 독립된 회사가 되기를 희망하였기 때문이었다.

어쨌든 공장 건물은 곧 완성되었으며, 가공 기계 설치도 끝나고 공작기계 제품생산이 시작되었다. 만드는 것은 현장에 맡기고, 나는 판매에 전념하였다. 공작기계 영업 부서에 중역 한 사람과 몇 명의 직원도 소속되어 있었지만, 이 기계는 어려운 기술 문제를 잘 파악하고 있어야 해서 아무나 쉽게 팔 수 있는 제품이 아니었다. 정 회장도 공장에 내려오면 유심히 제품 만드는 것을 보는 경우가 많았다. 하루는 김영주 회장과 같이 점심 식사를 하고 있는데, 정 회장이 울산 공장으로 내려온다는 연락이 왔다. 순간 김 회장은 주머니에서 약이 든 케이스를 꺼내더니 몇 알을 물과 함께 드시는 것이었다. "무슨 약입니까?" 하고 물으니 심장을 안정시키는 약이란다. "정 회장님이 오시면 가슴 속 심장이 뛰어 견디기 어렵다."라고 하였다. "아니 김 회장님은 정 회장님과 처남 매부지간인데 그렇게 무서우시냐?"라고 하니, "이 사람, 그분의 성질을 잘 알면서 그래." 하고 말하였다.

정 회장은 대형 공작기계 공장에 관심이 있는지, 나보고 매주 서울로 올라와 영업 진행 사항을 보고하라 하였다. 사실 나는 기계 전공자라 한국에 대형 공작기계 회사를 만들고 싶은 욕망으로 일을 시작하였지만, 현대그룹에서 할 사업은 안 된다고 내심 생각하게 되었다. 연간 수백만 대를 생산 판매하는 자동차 사업, 한 척에 수천억씩 하는 조선 사업, 조 단위의 수주를 하는 건설 사업에 익숙한 그룹에서 공작기계 사업은 그리 호감이 가는 사업은 아니라고 느꼈다. 대형 공작기계는 산업에 없어서는 안 될 제품이었지만, 대기업보다는 중기업에 알맞은 크기의 사업이다. 이런저런 이유로 나는 매주에 서울로 가서 보고하는 것은 이행하지 않았다.

5

노동자의 봉기와 노조결성,
정주영 회장의 연설로 위기를 벗어나다

현대중공업에는 이전에도 한 번 큰 노동문제가 있었으나, 정식으로 노조가 결성되어 있지는 않았다. 즉, 1970년대 후반기에 현대중공업 울산공장에서 노사문제가 크게 대두되고 작업자들이 소란을 일으키어 대혼란을 겪은 일이 있었다. 그러나 이때는 박정희 정권 시절이라 즉시 수습되었다고 한다. 그러다가 1987년 노태우 정권이 들어서면서부터 자유화와 민주화 물결이 휘몰아치는 가운데 근로자들의 불만이 화산처럼 폭발하였다.

울산에 있는 현대중공업(주)에서도 근로자들이 폭발하였다. 임금 26%를 올리라는 것에서 출발하였다. 정주영 회장이 울산에 와서 아침 8시에 대리급 이상 전원 체육관에 집합하여 조회를 하고 있는데, 근로자들이 체육관을 둘러싸고 쳐들어올 기세를 보였다. 들어오라 하니 체육관 안 직원이 꽉 차 있어서 들어오지 못하였다. 곧 조회를 끝마치고 문밖으로 나오는 순간, 체육관 주변에 있던 근로자들은 회장님을 에워싸고 밀고 하는 바람에 회사 간부들과 함께 넘어지며 주저앉았다. 근로자들은 "임금을 26% 인상하라!" 소리치면서, 주변이 난장판이 되었다. 한 시간 동안 꼼짝도 못 하고 주저앉아 있었다. 이윽고 정 회장은 근로자들에게 말하였다. "전원 운동장으로 모여라, 그리하고 나서 이야기하겠다." 하여 주변에 모여있는 수천 명의 근로자들이 움직이기 시작하였다.

11시 가까이 되어 수만 명의 근로자 전원이 회사 운동장에 모였다. 나도 그 와중에 그들에게 떠밀려 넘어지면서 신발 한 짝이 벗겨져 잃어버렸다. 운동장 관람석 중앙 로열석으로 올라가 보니, 다행히 누군가 잃어버린 신발 한 짝을 가져다 놓았다. 운동장 로열석 중앙에 마이크와 스피커가 설치되었다. 모인 직원 근로자 모두가 긴장하고 있었다.

나는 순간 옛 로마의 역사가 머리에 떠올랐다. 줄리어스 시저(율리우스 카이사르)가 회의장에 들어오는 순간, 기다리고 있던 간부들이 일시에 달려들어 칼로 찌르며 그를 죽여버렸다. 여기에는 카이사르가 가장 사랑하던 부하 브루투스도 있었다. 카이사르는 죽으면서 "브루투스 너마저!"라고 말하였다 한다. 이후 브루투스는 수많은 로마 시민들 앞에서 카이사르가 황제가 되려는 욕심을 갖고 있었다고 웅변하여 큰 환호를 받았다. 모두들 "브루투스 만세!"를 연호하였다. 그러나 다음에 안토니우스가 연단에 올라 열변을 토하였다. "브루투스는 반역자다. 그가 카이사르를 죽였다. 브루투스를 처단하자!" 순간 브루투스는 반역자가 되어 도망칠 수밖에 없었다. 군중심리란 이렇게 무서운 것이다.

근로자 수만 명이 운동장에 모여 정주영 회장의 입을 주시하고 있었다. 무슨 말이 나올 것인가. 연설 내용에 따라 크게 사정이 달라질 것이다. 드디어 스피커에서 큰 소리가 울리기 시작하였다. 정 회장의 연설이 시작되었다. "근로자 여러분, 나는 여러분들을 진심으로 사랑합니다. 여러분의 피와 땀으로 우리 현대중공업은 세계적인 회사가 되었습니다. 그 더운 중동에서도 우리 노동자들은 얼마나 열심히 일하였던가요. 이제 우리 대한민국은 세계가 부러워하는 나라가 되었습니다. 이 모든 것은 여러분들이 있었기 때문입니다. 앞으로도 회사는 여러분을 위하여 최대로 힘쓸 것입니다." 이런 내용으로 근로자들을 치켜세우며 연설을 마감하였다. 모인 근로자들은 한껏 감동을 받은 모양이었다. 회장님이 연설을 마치고 출입문 쪽으로 걸어가니, 모두 박수를 치면서 출입문을 열어주고 환송하였다. 정 회장은 운동장에서 빠져나온 즉시, 대기하였던 헬리콥터로 울산을 떠났다. 참으로 정 회장의 위기관리 능력은 가히 천재적이었다.

정 회장이 떠난 후에 근로자들은 다시 흥분하기 시작하였다. 회장의 연설 내용을 다시 생각하니, 26% 임금 인상 문제는 어디에도 없는 것을 깨달았던 것이다. "이거 뭐야, 26% 임금 인상은 온데간데 없네? 우리가 속았다!"라고 하면서, 흥분한 군중들은 회사 컴퓨터실에 들어가 모든 시설을 박살냈다. 수십억의 기물이 파손되었으며, 공장의 작업도 일시에 중지되었다. 다음날 근로자들은 크레인, 지게차, 중장비 등을 앞세우고 4인씩 횡렬로 수만 명이 울산 시내로 행진하였다. 정부에서도 깜짝 놀라서 장관이 내려와 이들과 대화하였다고 하는데 내용은 잘 모르겠다. 이들을 대표하였던 권용목 근로자는 현대엔진 기계가공부에서 일하고 있는 사람이었는데, 평소 눈에 띄게 나타나는 근로자는 아니었다. 직원들 말로는, 점심 식사가 끝나면 혼자 책을 읽고 있는 것을 가끔 보았다고 한다.

이튿날 권용목 씨가 근로자 10여 명과 함께 웃으며 사무실 현관으로 들어오더니, 순간 수십 명이 사무실을 점령하며 직원을 밖으로 내몰았다. 사무실의 의자와 책상을 현관문에 쌓아놓고 일체 직원 출입을 막았다. 그는 옥상으로 올라가 전 근로자를 상대로 연설하기 시작하였다. 회사에서도 엔진회사 사무실을 되찾기 위하여 서울에서 여러 사람이 내려왔다. 그러나 사무실 옥상에서 돌을 아래로 던져서 감히 사무실에 접근하기도 어려웠다. 외부와의 연락이 있는가 살펴도 그런 정황은 포착되지 않았다. 이때 이들은 노동조합 결성을 협의하였을 것이다.

현대그룹 본사에서 전무 1인이 내려와서 회사 측 대표로 현장을 지휘하였다. 회사 측은 근로자 측에 연락하여 대화하자고 제안하였다. 권용목이 근로자 대표로 사무실 옥상에서 내려와 건물 옆 공간에서 마주 앉았다. 이때 사무실 직원들이 합심하여 그를 붙들어서 사무실로 데려오고 울산경찰서에 연락하여 그를 연행해 달라고 하였다. 그러나 경찰들은 이 요구에 응하지 않았다. 얼마 안 되어 수천 명의 근로자들이 모여들어, 권 대표를 옹위하며 다시 되돌아가는 촌극도 있었다. 이들은 야간에 산 속에 들어가 여러가지 의논을 하고 현대중공업 노동조합을 결성하였으며, 다시 현대자동차(주)로 가서 근로자들을 교육시켜 현대자동차 노동조합도 결성되었다. 현대정공 창원공장에도 노조가 결성되었다.

현대그룹뿐 아니라 전국적으로 노조가 봇물같이 결성되었다. 근로자의 권익을 넘어 정치적 요구 행위도 계속되었다. 그리고 마침내 민주노총이 생기게 되었다. 노동조합의 대표는 국회의원 출마를 위하여 입후보를 내기도 하고, 울산에서는 구청장 출마도 하여 당선되기도 하였다. 1988년 울산 동구 국회의원 선거에서는, 현대중공업의 사주 정몽준 씨와 노동조합장 김진국 씨가 후보로 출마하여 치열한 선거전이 이루어지기도 하였다. 사주 측 입후보 지지자들은 주로 현대중공업(주)과 현대자동차(주) 사원들과 주민 일부로, 드러내놓고 크게 선거운동은 하지 않았다. 이에 반해 노조 측은 대규모로 선전전을 이행하였다. 선거 결과 사주 측 정몽준 씨가 당선되었다. 노조의 영향으로 현대그룹에도 적지 않은 변화가 있었다. 우선 현대엔진(주)과 현대중전기(주)가 현대중공업으로 흡수되어 각각 사업부로 전환되었으며, 새벽마다 김영주 회장이 작업 현장을 순회하는 일도 중단되었다.

6

현대중공업을 사직, 현대그룹에서의 직장생활의 대단원을 맺다

공작기계 판매는 그리 쉬운 일이 아니었다. 국내 경기도 좋은 편이 아닌데다. 대형기계 수요 자체도 아주 적었다. 이에 중소형 기계도 제작하여 판매하였으나, 10월까지 겨우 500억 매출에 그쳤다. 이는 연간 목표액의 50%에 지나지 않았다. 사실 이 사업은 대그룹에서 할 사업은 아니었다. 중기업 수준이면 첫 해 500억의 매출이라면 대성공이라 할 수 있었다. 그러나 현대그룹과 같은 곳에서 500억 매출이란 그야말로 조족지혈(鳥足之血)이라 할 수 있다. 선박 하나 팔면 수천억이고, 자동차도 한 달에 수십만 대씩 파는 회사에 연간 1천억 정도의 매출이라면 눈에 들어올 리가 없었다. 나도 그 사실은 잘 알았지만, 국내에서는 이런 대형 공작기계를 만드는 회사가 없었고, 나 자신 기계과를 전공하고 졸업한 사람으로서 내 회사생활의 마지막으로 공작기계 공장건설을 하고 싶었다.

정주영 회장은 나에게 매주 서울에 올라와서 영업 현황을 보고하라 하였다. 그러나 나는 회장님의 지시에 따르지 않았다. 매출 목표를 쉽게 달성하기 어려울 것 같은 데다가, 나 또한 연령상 오래 근무할 수 없다는 것과 가족과 떨어져서 생활하는 고통도 있어, 그해(1990년) 연말에 회사를 사직하겠다는 결심을 하게 되었다. 서울에 있는 나의 작은 건물 내에 30평 정도의 사무실과 집기를 준비하여 놓았다. 일본의 만양(萬陽) 회사와 합작으로 원양기연(圓陽技研)이란 기계 컨설팅 회사를 사업자 등록하였다. 회사 이름은, 나의 원불교 법명(法名) 원실(圓實)에서 원(圓), 일본 회사 이름 만양(萬陽)에서 양(陽), 각각 한자씩 따서 원양기연이라고 명명하였던 것이다. 또한 독일의 제지기계 제작사와도 연을 맺어 놓았다.

이 무렵 정 회장은 자주 울산에 있는 현대중공업에 내려왔는데, 그럴 때면 으레 공장 내를 한 바퀴 시찰하고 이어서 부사장급 이상 간부를 소집하여 회의를 열곤 하였다. 그리고 영빈관에서 저녁 만찬을 하는 것이다. 이날도 역시 회의를 소집하였는데, 나는 의식적으로 회의에 참석하지 않았다. 일종의 말 없는 항명이었다. 회의 중 회장님은 나의 불참을 인지하고 당장 찾아오라는 명령을 내렸다고 한다. 눈치 빠른 분이셨으니, 나의 불참 이유를 짐작하셨을 것이다.

그날 오후 5시에 회사 영빈관에서 저녁 식사를 시작할 무렵 출입구에서 회장님과 나는 만나게 되었다. 나를 보자마자 "얼마 팔았어?" 하시어 "500억 팔았습니다." 하니, "계획이 얼마야?" 하시어 "천억입니다."라고 대답하였다. 거짓 보고도 할 필요도 없고 얼버무릴 필요도 없지 않은가!. 연말이면 떠날 사람인데! 회장님이 "연말에 정리하겠어?" 하시길래 "알았습니다." 하고 대답하였다. 저녁 식사 자리에 나는 정 회장님과 마주 앉았다. 나는 이것이 마지막이라는 생각이어서, 정 회장님에게 3번씩이나 잔을 올렸다. 예상대로 그해 12월 말로 나의 현대그룹 근무의 대단원 막이 내려졌다. 처음 길 닦는 사람은 환경도 생각하고 때로는 암석도 부수어야 하고 눈비도 맞아가며 고생하지만, 다음 사람은 핸들과 브레이크만 잘 조절하면 잘 달리는 것이 인생의 진리이다. 회사를 그만두면서 이런 생각이 스쳐지나갔다.

7

개인사업을 시작하던 중
한라그룹 정인영 회장의 부름을 받다

나는 짐을 싸서 차에 싣고 서울로 향하였다. 그동안 나를 도와주었던 상무이사가 마지막 인사로 운전을 해주었다. 돌아오는 도중에 눈이 내려서 도로가 미끄러웠다. 금강 유원지에 다 왔을 무렵에 다른 차와 접촉 사고가 있었다. 교통경찰이 와서 조사하였는데, 웬일인지 가해-피해 차량 판정을 하지 않고 기다리게 하였다. 기다리다 지쳐서 약간의 돈을 주니, 그제야 우리 차를 돌려보내 주었다.

다음날부터 나는 독일의 제지기계 회사와 접촉하여 국내 제지공장에 A/S 부품 판매에 돌입하였다. 그 결과 한 제지회사의 부품 판매에 성공하여, 60,000불의 커미션을 받았다. 계속하여 영업활동을 하는 중에 갑자기 한라그룹의 정인영 회장으로부터 찾아오라는 연락을 다른 사람을 통해 받았다. 그 사람은 현대중공업 중역이었는데, 연초에 정인영 회장께 인사를 갔더니, 회장님이 나의 근황을 물은 후에 찾아오라고 연락하라는 말씀을 전한다고 하였다. 나는 고민에 빠졌다. 찾아가야 할지 안 가야 할지였다. 그러는 중에 현대그룹의 또 다른 중역으로부터 같은 내용을 전하는 전갈을 받았다. 한편 고민도 되었지만 감사하기도 하였다. 내가 별로 잘난 존재도 아닌데, 잊지 않고 계속 부르는 것에 감동되어 정인영 회장을 찾아뵈러 갔다. 인사를 드리니, 정인영 회장은 내게 다시 한라그룹으로 와서 근무하기를 요청하였다. 사장으로 임명하실 수 있느냐고 말씀드리니 현재는 사장이 있어서 차차 고려하겠다고 하셨다. 나는 한라그룹에 입사하기로 결정하였다.

8

드디어 사장으로 승진,
그러나 부회장과의 마찰로 직장생활을 마무리짓다

그리하여 나는 1991년 한라중공업 부사장으로 입사하여, 인천조선소에 근무하게 되었다. 당시 인천조선소 내에는 중장비공장 건설팀이 있었는데, 나에게 이 팀을 지휘하여 충북 음성군 내에 공장을 지으라는 임무가 부여되었다. 승용차와 운전기사가 배정되어 매일 서울에서 인천으로 출퇴근하였다. 출퇴근 시 다소 교통체증이 있었으나, 시간대를 잘 맞추면 그리 큰 어려움은 없었다. 공장 건축 공사가 완성된 뒤에는 현지로 내려가서 기계 설치 및 제품 생산을 순차적으로 계획하였다. 생산 품목은 포크 크레인과 지게차였다.

그런데, 공사 중 오수처리 공사에서 한 사람이 사고사(事故死)하였다. 오수처리 시설은 한라건설 토목부에서 시행하였으나, 나는 현장 책임자라는 이유로 경찰서에 불려가서 조사를 받았다. 대개 공사장이나 작업장에서 일어나는 사고를 생각해 보면 안전시설 미비로 인한 사고, 본인 부주의로 일어나는 사고, 타인의 잘못으로 일어나는 사고, 주변 시설물에 의한 사고, 천재지변으로 일어나는 사고 등 여러 원인이 있겠으나, 일단 사고가 나면 현장 책임자에게 모든 원망이 돌아온다. 이번 사고의 경우 법적인 문제는 간단히 해결되었으나, 사망자 유족 또는 친지들이 몰려와서 항의를 계속하였다. 사무실에 와서 수박 덩어리를 던지며 살려내라고 하거나, 나의 멱살을 잡고 끌어당기는 등 나로서는 참을 수 없는 행동을 하였다. 관리직원이 그들을 끌어내서 적당히 추가 타협하고 일단락되었다.

1992년, 나는 제지(製紙) 프로젝트를 총괄하는 사장으로 발령이 났다. 이사 승진이 빨랐던 것에 비해, 우여곡절 끝에 20여 년 만에 이루어진 더딘 승진이었다. 본디 정인영 회장은 수십 년 전부터 제지회사를 설립할 것을 꿈꾸고 있었다. 인도네시아에 있는 무성한 산림에 대해서도 관심을 많이 가지셨다. 그래서 예전 현대양행 안양공장 시절에도 제지 프로젝트 팀을 모집하여 회사 설립 준비를 하기도 하였다. 정인영 회장은 새로운 사업에 언제나 흥미를 갖고 있었으며, 한라그룹의 1차 부도 후에도 꺾이지 않고 사업 확장에 열을 올리고 있었다. 건설, 조선, 시멘트 중장비, 제지, 장학재단, 이렇게 다양한 분야에서 그룹을 확장하는 꿈을 키우고 있었다. 그러다 보니 형이었던 정주영 회장과 같은 종류의 사업을 추진하기도 하여, 상호 대립이 심해지기도 하였다.

한라그룹에서의 생활이 순조롭지만은 않았다. 큰 복병은 정인영 회장이 하반신 마비 증세가 있어 국내에서 또는 해외에서 신병 치료를 위하여 자리를 비우는 경우가 많았다는 점이었다. 다행히 음성공장 건설이 순조롭게 잘 진행되고 있었으나, 나는 또 다른 복병을 만났다. 정인영 회장의 장남 몽국 씨와의 문제였다. 내가 예전 현대양행에 입사할 때야 그는 어리디어린 아이여서 오직 정인영 사장만 보고 일하면 되었다. 그러나 그가 성장하여 그룹 부회장이라는 직위를 갖게 되니, 부친과 엇박자를 내는 일이 많았다. 나는 여기까지는 생각하지 못하고 한라그룹에 재입사하였는데, 와서 일하여 보니 나에게는 큰 복병이었다. 부회장이 크게 나를 견제하는 것이다.

한번은 이런 일도 있었다. 정인영 회장이 미국에 출장 가면서 다음 주 며칠까지 미국에 오라 하였다. 나는 그분의 뜻을 알고 있어서 총무부에 미국 입국 비자를 준비하게 하여 예정일 아침에 출발하려 하는데, 부회장이 갑자기 가지 말라는 것이다. 회장님은 오라 하고 부회장은 가지 말라 하고, 그야말로 난처하게 견제를 하는 것이었다. 그래도 나는 회장님 지시대로 미국으로 떠났다. 며칠 후에 귀국하여 보니 어처구니없는 일이 일어나 있었다. 부회장이 나의 자리를 없애버린 것이다. 부회장실에 가서 그를 만나려 하니, 비서에게 명하여 면회를 거절하였다. 나는 극도로 화가 났다. 그 자리에서 사직서를 들고 부회장실 출입문을 발길로 걷어차고 들어갔다. "유치한 짓 하지 마시오."라고 한마디하고 나와, 그길로 정인영 회장실로 가서 사직서를 내밀었다. 회장님이 눈치를 채시고 곧바로 부회장을 불러 집기로 때리려고까지 하였다. 그리고 나의 사직서를 반려한 후에, "잘 근무하라."고 말씀하셨다.

사실 부회장도 나도, 서로 반가운 만남은 아니었다. 그는 회장님이 나를 가깝게 대하는 게 못마땅한 못마땅한 모양이었다. 정인영 회장으로서는 일차 부도로 그룹이 어려워진 상황에서, 빠른 시간내에 재기를 위해서는 경험이 많고 회사를 잘 아는 사람이 필요하다고 여겼을 것이다. 부회장은 이런 생각을 이해하지 못했던 것 같았다. 나도

원양통신 설립 후 서울이동통신 대리점 개설 기념식에서

과거에 정 회장의 은혜를 많이 입어서 보은의 뜻으로 입사한 것이지 생활고나 명예욕이 있어서 재입사한 것은 아니었기에, 부회장의 행동이 마음에 들지 않았다. 그 후 정 회장이 중국으로 장기간 신병 치료를 위하여 출국한 틈을 타서, 부회장은 정 회장이 영입한 중공업 중역들을 대부분 퇴사시켰다. 회장이 귀국하여 모두 원상복구 시켰으나, 나는 이것으로 내 생애 직장생활을 마감하기로 마음먹었다. 1993년, 그렇게 한라그룹에서 사직한 뒤, 나의 개인사업으로 유지하고 있던 원양기연을 원양통신(주)로 개명하여 통신업에 종사하였다. 유무선 통신의 설치 공사와 기기 판매에 주력하였다.

지금까지 30여 년간 현대와 한라그룹에서의 내 직장 생활을 간략하게 돌아보았다. 이 시기는 우리나라 산업화 시대의 발전과정과 거의 겹친다. 여기서는 산업화 시대의 발전과정과, 이에 큰 역할을 하였던 재벌들에 대해서 간략히 살펴보고자 한다. 다음으로 현대그룹과 한라그룹을 일구어낸 정주영 회장 형제분들에 대한 내 나름의 인상도 정리해 보고자 한다.

*

우리나라 산업화 시대의 발전단계

한국의 산업화 시대라면, 1960년대 초부터 1980년대 말까지로 말할 수 있다. 그 과정을 살펴보면 다음 4단계로 나눌 수 있다.

1단계는 농업의 현대화 및 과학화 시기였다. 1950년대까지 우리나라 농업은 아직 전근대적 요소가 많았다. 농경지가 소규모였고 농업용수도 오직 하늘에 의존하였다. 그러므로 흉년과 풍년의 요동이 심하였으며, 식량부족 현상이 계속되었다. 정부는 댐이나 저수지를 개발하여 농업용수를 해결하였고, 비료공장 건설, 전답 개량과 농기계 사용, 통일벼로의 품종 개량 등으로 과거보다 3~4배 증산하여 식량

문제를 해결하였다. 농촌의 농가 지붕을 개량하고 산림을 보호하여 산림녹화에 성공하였고 홍수도 막아내는 효과를 거두었다.

2단계는 경공업의 개화기였다. 농업의 현대화가 성공적으로 진행되는 한편으로, 경공업화가 이루어졌다. 철도차량이 국산화되고, 시멘트공장, 설탕, 섬유공장, 생활용품과 가전제품 생산공장들이 계속 건설되었다. 또한 펄프, 제지, 정유공장, 화공품 등의 생산시설이 마련되었다.

3단계는 중화학공업의 촉진 및 발전기라 할 수 있다. 경공업을 넘어 중화학공업을 촉진하고 발전시키는 단계로, 제철, 자동차, 조선, 중전기, 원자력발전소, 중장비, 각종 무기 생산시설, 각종 석유화학제품 등을 생산하는 시설 등의 산업시설이 건설되었다. 마지막 4단계는 산업화 완성 및 정착 시기이다. 이전 산업화 단계에서 미완성이었던 분야의 제품 생산시설 확충, 각종 분야에 난립한 산업시설 통폐합, 산업시설의 안전 운영 확립 등이 이루어졌다.

이상 4단계는 시기적으로 완전히 구분되어있는 것이 아니라, 연차 진행, 중복 진행, 역 순위 진행 등의 과정이 교차되기도 한 것으로, 일반론적으로 구분한 것이다. 여기서 3단계까지는 박정희 대통령 시절이고, 4단계는 전두환 대통령 시절이다. 두 대통령의 거론은 정치적 의미는 전혀 아니고, 오직 산업화의 고찰에서만 판단하는 것으로 이야기하는 것이다. 요즘과 같이 이전 정권의 치적을 허무는데 주력하는 정권이 들어섰다면, 산업화가 물거품이 되었을지도 모를 일이다.

*

산업화 시대에서의 재벌의 역할과 재벌 총수들

우리나라 산업화 시대에는 공과가 있겠지만, 재벌들이 큰 역할을 하였다. 5.16 군사혁명 직후 산업화 시대에 접어들 무렵, 현대그룹의 도쿄사무소에 당시 공화당 김종필 총재 일행이 방문하여, 저녁식사 자리에 합석한 일이 있었다고 한다. 그들의 대화 중에 이런 말이 오고 갔다고 한다. '한국은 민족자본이 너무 없다. 앞으로 몇 군데의 재벌을 육성하여 민족자본을 많이 만들어야 한다.'라는 말이었다. 민족자본이 궁핍한 나라는 아무것도 할 수 없고 가난한 나라임은 틀림없다. 재벌이 있으면 어떤 이득이 있는가? 어쨌든 대규모의 자본이 있어야 대기업체를 만들 수 있다. 대기업 사업이 있으면 보완산업이 뒤따른다. 그러면 파생산업이 생긴다. 국가에서 이들을 올바른 길로 가게만 하면 나라는 부강해지는 것이다.

여기서 한국 재벌들을 살펴보면 삼성그룹, 현대그룹, SK그룹, LG 그룹, 대한항공 그룹 등을 들 수 있다. 지금은 없어졌지만, 대우그룹도 한때는 재벌 순위 3위까지 올라가기도 하였다. 이들 재벌기업의 창업주들은 몇 가지 공통점을 갖고 있다. 첫째 부지런하다. 둘째 건강하다. 셋째 큰 욕심을 가졌다. 넷째 남과 다른 장점 하나씩은 갖고 있다. 다섯째 기회가 오면 잘 이용한다 등이다. 사람은 누구나 장단점이 있겠으나 이 분들은 이미 고인이 되었으므로 장점을 위주로 기술하겠다.

삼성의 이병철 회장은 소문에 의하면 '몸에서 한 자 이상 떨어지는 사업은 하지 말라'고 하였다. 그래서 먹는 것으로 설탕 제조사업을 시작하니, 이것이 제일제당(주)이다. 다음은 입는 것으로 모직 사업을 일으켜 제일모직(주)을 설립하였다. 그리고 몸에서 몇 미터 더 나아가 가정생활과 밀접한 가전사업 등으로 꼼꼼하게 사업을 확장하니, 삼성전자(주)의 시작이었다. 이병철 회장은 매년 연초에 일정 기간 일본에 체류하면서 일본 기업인들과 교류하였고, 삼성은 이를 바탕으로 가까운 일본으로부터 자본과 기술 정보를 얻어 성장할 수 있었다.

반대로 현대는 여러 의미에서 먼 곳으로부터 출발하였다. 부산에서 창고건설로 시작하여, 도로공사, 시멘트, 자동차, 조선, 방위산업, 철도차량 등으로 확장하였다. 확장 과정에서도 미국과 유럽으로 발걸음을 옮기었다. 자동차, 기관차, 방산 등은 미국에서, 조선업은 유럽에서 필요한 기술과 자본을 유치하였다.

대우는 대우실업에서 출발하여 세계를 무대로 수출무역에 공로를 이루었으며, 특히 국내에서는 다른 기업이 운영하다 실패한 사업체를 헐값으로 인수, 다시 완전히 가동케 하는 마력을 발휘하기도 하였다. 한국기계, 대우자동차, 대우조선 등이 그 예이다. 한때의 우스갯소리로, 박정희 대통령이 기업 총수로 있는 회사에, 이병철 회장은 관리부장으로, 정주영 회장은 건설산업부장으로, 김우중 회장은 영업부장으로 하면 되겠다는 유머도 있었다.

대한항공 조중훈 회장은 길거리에 서 있는 미군 장성의 고장난 차를 수리해주고 운송사업의 길을 텄다고도 하는데, 이후 설립한 대한항공은 정부의 적극적인 후원으로 성장하였다. 정부는 공무원의 해외 출장은 물론 공공기관의 직원들은 가급적 대한항공을 이용토록 종용하였고, 이에 준하여 국민들도 가급적 대한항공을 이용하도록 유도하였다.

SK그룹은 직물에서 시작하여 정유와 통신사업으로 확장하면서 성장하였다. 정유사업은 SK 최종현 회장이 학창 시절 사우디 왕자와 미국에서 함께 공부한 덕택으로 사업에 도움을 많이 받았다는 이야기도 들었다. 통신사업은 노태우 전 대통령 딸과의 혼사가 많은 영향을 미쳤다는 세간의 평이 있었다.

삼성과 현대의 사업 확장과 관련해서는 한 가지 재미있는 일화가 있다. 삼성의 이병철 회장이 자동차 사업을 하겠다 할 때 정주영 회장이 "하지 마십시오." 하고 말렸으나 삼성자동차(주)를 창립하였고, 반대로 정주영 회장이 전자산업(현대 하이닉스)을 창업하려 할 때 이병철 회장의 만류에도 강행하였으나, 결과는 양사 모두 실패작이었던 일이다. 삼성은 프랑스의 르노자동차로, 현대 하이닉스는 SK사로 인수되어, 두 분의 사업 기획은 실패로 끝났다.

*

현대그룹의 정씨 형제들

30여 년간 현대그룹에서 일하는 동안, 정씨 형제분들을 사장님 혹은 회장님으로 모시는 가운데 그분들의 여러 면모를 직간접적으로 경험할 수 있었다. 장남이었던 정주영 회장의 형제로는 둘째 정인영

(현대양행, 한라그룹), 셋째 정순영(현대시멘트, 성우그룹), 넷째 정세영(현대자동차, 현대산업개발), 여섯째 정상영(금강스레트공업, KCC 그룹) 등이 있었다. 이 가운데 직접 모셨던 정주영, 정인영, 정세영 세 분에 대해서도 간략히 적어보려 한다.

먼저 정주영 회장은 천부적인 기업가 기질을 타고나신 분이었다.

첫째, 건강하고 부지런하셨다. 그분은 '아침 일찍 일어난 새는 먹을 것이 많다.'라는 말을 자주 하셨다. 현대조선 울산 조선소 건설 시에는, 거의 매일 서울에서 새벽에 출발하여 울산에서 아침 조회를 열고, 오후에 다시 귀경할 정도였다.

둘째, 정확하고 예리한 판단력과 추진력의 소유자였다. 그룹 내부 거의 모든 사람이 전사적으로 반대한 조선 사업이나, 포니 승용차의 미국 수출 등을 정확한 판단력으로 추진하여 성공시켰다.

셋째, 위기관리에 능하셨다. 현대그룹이 겪었던 여러 번의 위기도 새로운 아이디어로 극복하였다. 특히, 울산 조선소 근로자들에 둘러싸여 꼼짝 못 하는 중에서도 운동장에 근로자들을 모이게 하여 명연설을 한 뒤 당당하게 탈출하는 것을 보고 나는 감탄하지 않을 수 없었다.

넷째, 손익계산에 철저하였다. 현대그룹의 공장들은 건설 시 '비만 새지 않으면 된다'라고 할 정도로 초기 투자를 줄였고, 완공 1년 후에는 적자를 허용하지 않았다. 그분은 항상 돈 벌어가며 (공장을) 증설하라는 신조를 강조하였다,

다섯째. 풍부한 창의력을 가지셨다. 이외에도 많은 장점이 있으며 여러 일화가 있지만 세세한 서술은 줄이도록 하겠다.

다만 정주영 회장은 새로운 정보 자체에는 밝지 않은 편이어서, 몇몇 사업의 시작은 주변의 도움을 받는 경우가 있었다. 앞에서 본대로 한국전쟁 후 미군 공사 수주나 포드자동차와의 연결은 정인영 회장의 힘으로, 경부고속도로 건설과 조선 사업 참여는 박정희 대통령의 권유와 후원으로 이루어졌다.

정주영 회장의 바로 아래 동생인 정인영 회장은 참으로 훌륭한 분이다. 뛰어난 대인 섭외력과 정보력에서는 타인의 추종이 불허할 정도였다. 그러나 기업의 손익계산이라는 측면에서는 약점이 있었다.

첫째, 영어 회화에 능통하였다. 일본 아오야마 학원에서 영문학을 전공하였으며, 해방 후 동아일보 기자로 활동하는 중에 미군 장교들과 교류, 미군 발주 공사를 맡을 수 있는 발판을 마련하였다.

둘째, 대인관계가 부드럽고 친화력이 뛰어났다. 개인은 물론, 정부 단위로도 어렵다는 IBRD(국제부흥개발은행) 자금을 수천만 달러씩 차입하여 끌어오셨다.

셋째, 글로벌 경제정보 수집에 남다른 정열을 갖고 있었다. 이 분이 해외순방을 끝마치고 귀국할 때면, 가방에는 해외 산업계 동향 등에 밑줄 친 신문과 잡지들이 가득하였다.

넷째, 세상을 멀리 내다보고 과감하게 초기 투자를 하는 경향이 있었다. 다만 아직 현실적인 내외 환경이 뒤따르지 않아서, 사업에 여러 번 실패하기도 하였다. 문화부문 사업이나 중공업 사업 등에서 많은 것을 일구었으나, 결국은 다른 후발 회사 좋은 일로만 끝나는 경우가 있었다.

다섯째, 사업에 남다르게 진취적이나, 회사 운영 측면에서 손익계산에 소홀하였다. 회사는 손익에 따라 흥하기도 하고 망하기도 하는데, 10여년 이상 이 분 휘하에서 일하는 동안, 내가 담당했던 업무에 한 번도 손익을 강하게 요구하는 것을 못 보았다. 이점은 정주영 회장과 아주 대조적이다. 어쨌든 한국 산업 발전에 큰 공로를 끼치신 분임에는 틀림이 없다.

정주영 회장의 셋째 동생인 정세영 회장은, '포니정'이라는 별명이 말해주듯 현대자동차의 초석을 닦은 분으로서, 매우 합리적인 사고방식을 지녔던 분이었다. 다만 카리스마와 진취력은 형님들보다 떨어졌다.

첫째, 직원들의 의견에 귀를 기울이면서, 회사를 가급적 무리하지 않고 합리적으로 운영하고자 하였다. 한번은 현대자동차 중역 회의에서 부장 이하 직원들을 대상으로 한 승진심사 회의가 있었다. 이때 정세영 사장도 참석하셨는데, 직원 중 한 사람은 차장으로, 한 사람은 과장으로 승진시키는 것이 어떠냐고 제의를 하셨다. 중역들의 반대로 사장의 제의가 무산되었는데, 사무실 밖으로 나와 나를 보고 "당신 소속 부하를 승진시키는 일인데 왜 찬성하지 않느냐?"고 하시어 나는 웃으며 "사장님이 결재권자이신데요."라고 대답한 적이 있었다.

둘째, 관리자로서 매우 훌륭한 분이었다. 인정도 많고 사원복지도 많이 챙기셨다. 현대건설 등 정주영 회장 산하에서 일하던 중역들은 아침 7시에 출근하고 규정된 시간보다 늦게 퇴근하였다. 정주영 회장이 늦도록 일하는 사람을 좋아하셨기 때문이었다. 현대양행 시절 어느 관리부장이 회사 출퇴근 시간 규정을 정하여 사장님의 결재를 받아왔는데, 내용을 보니 출근 시간과 퇴근 시간을 정해놓은 것과는 별도로, 후미에 퇴근은 늦을수록 좋다고 기재되어 있었다. 그러다가 현대자동차로 근무지를 옮긴 후에는 별천지에 온 것 같았다. 퇴근 시간이 되었는데도 직원들이 퇴근하지 않으면, 왜 퇴근하지 않느냐며 퇴근 시간을 지키라고 독려하였다.

나는 이분들을 이렇게 총평할 수 있겠다. 정주영 회장은 얕은 물의 작은 고기는 무시하고 위험을 무릅쓰고 깊은 곳으로 들어가 큰 물고기를 잡고 나와 잘 요리를 하였다. 정인영 회장은 얕은 곳에서 작은 물고기를 잡아 망태기에 넣어 별도 보관하고, 형님의 행적을 따라 큰 물고기를 잡으려 깊은 곳에 들어가 큰 물고기 하나와 중간 정도의 물고기 몇 마리를 잡고 나왔다. 그러나 그 과정에서 형님과 여러 번 부딪치고, 체력도 완전히 소진되어 쓰러지는 바람에 잡은 물고기 대부분은 엉뚱한 사람들이 가져갔다. 정세영 회장은 물에 직접 들어가지는 않고, 큰 형님이 잡아 온 큰 물고기 하나를 잘 요리하였다. 이 물고기를 큰 형님에게 다시 돌려주는 대신, 다른 큰 물고기 하나를 선물받았다.

우리나라의 산업화 시기, 나는 현대·한라그룹에서 비교적 큰 간섭 없이 소신껏 일할 수 있었다. 특히 기계 전공자로서 내 전공 분야를 100% 활용하면서도 다양한 분야에서 일할 수 있었다는 것은 하늘이 주신 큰 은혜라 생각한다. 객화차 제작을 위시하여 시멘트 공장 건설, 양식기 제작, 냉난방기 제작, 자동차 엔진공장 기획 건설 및 자동차 부품 제작, 대형선박 엔진생산 공장 기획 건설, 방산용 탱크 공장 기획 및 제품 제작, 기관차 공장 기획 건설 및 제작, 지하철 전동차 제작, 포크레인 및 지게차 공장 건설 및 제품 제작, 대소형 공작기계 공장 기획 및 제작, 이보다 더 많은 경험과 기회를 가졌던 엔지니어가 얼마나 있었을까? 30대 젊은 나이에 이사로 승진한 것에도 자부심을 느낀다. 이 과정에서 우리나라 산업화에 작게나마 기여할 수 있었다면 이보다 더 큰 보람은 없을 것이다.

이 종 영

실산實山 이종영李鍾瀅

1933년	1월 2일 출생
1953년	서울대학교 공과대학 기계과 입학
1956년	결혼
1957년	서울대학교 졸업
1957년	9월 양평농업고등학교 교사
1961년	1월 교통부 산하 인천공작창 입사
1964년	1월 현대건설 입사
1964년	6월 현대양행 발령
1969년	이사 승진, 이후 상무 승진
1973년	현대양행 퇴사 및 현대자동차 입사
1977년	서울대학교 최고경영자과정(AMP) 10기 수료
1978년	현대중공업(전무)
1979년	현대차량(전무)
1986년	현대엔진(전무)
1987년	현대중공업(부사장)
1988년	12월 현대그룹 퇴사
1989년	원양기연 설립
1990년	한라중공업 입사(부사장)
1992년	한라제지 기획담당 사장
1993년	한라그룹 퇴사
1993년	원양통신 설립

산업화시대의 발자취
현대·한라그룹과 나의 삶

실산 이종영 實山 李鍾澯 지음

초판 발행 2023년 12월 10일

펴낸이 오일주
펴낸곳 도서출판 혜안

등록번호 제22-471호
등록일자 1993년 7월 30일

주소 (우)04052 서울시 마포구 와우산로 35길 3(서교동) 102호
전화 3141-3711~2 / 팩스 3141-3710
E-Mail hyeanpub@hanmail.net

ISBN 978-89-8494-708-5 03810

값 18,000원